山 神

何建明 著

 四川人民出版社

图书在版编目（CIP）数据

山神／何建明著. —成都：四川人民出版社，2023.9
（中国作家头条）
ISBN 978-7-220-13458-6

Ⅰ.①山… Ⅱ.①何… Ⅲ.①报告文学-中国-当代 Ⅳ.①I25

中国国家版本馆 CIP 数据核字（2023）第 165954 号

SHANSHEN
山　神

何建明　著

出 版 人	黄立新
策划统筹	蔡林君
责任编辑	蔡林君　孟庆发
装帧设计	张迪茗
责任校对	舒晓利　申婷婷
责任印制	周　奇
出版发行	四川人民出版社（成都三色路238号）
网　　址	http://www.scpph.com
E-mail	scrmcbs@sina.com
新浪微博	@四川人民出版社
微信公众号	四川人民出版社
发行部业务电话	（028）86361653　86361656
防盗版举报电话	（028）86361661
照　　排	四川看熊猫杂志有限公司
印　　刷	四川五洲彩印有限责任公司
成品尺寸	170mm×230mm
印　　张	11.5
字　　数	153 千
版　　次	2023 年 9 月第 1 版
印　　次	2023 年 9 月第 1 次印刷
书　　号	ISBN 978-7-220-13458-6
定　　价	48.00 元

■版权所有·侵权必究
本书若出现印装质量问题，请与我社发行部联系调换
电话：（028）86361656

目录

001	序
003	上天的路
001	第一章
003	30年不忘初心
021	第二章
023	不信命的"石头娃"
069	第三章
071	13年心血化为泡影
083	第四章
085	齐心协力，重修"大发渠"

107	第五章
109	要渠，不要命
135	第六章
137	惊心动魄的生死之战
157	第七章
159	雄心壮志终成真

序

序

上天的路

如果突然有一天，在毫无准备的情况下，你会把自己的命托给一个从不认识的人吗？这个问题有些荒诞，恐一般人的回答都会非常坚定：绝对不！

人之常情。完全可以理解。

但最近的我，偏偏遇到了这样的事：在一个毫无准备的日子，在一个毫无准备的情形下，我把命突然交给了一位82岁的老人——这位老人住在贵州的一座大山深处。

据当地人讲，过去没有通公路时，要进到这位老人所生活的村子里，需要从有公路的县城出发，步行整整两天，且还得翻山越岭，抄熟悉的山道近路走。如今，即便像贵州这样的边远地区，村村也都通了公路。然而，到这位老人的村上，小轿车从高速公路下来，仍要用两个多小时方能到达：那条通往老人所在村的路，是一条七拐八弯的盘山路，我让同行的人数了一下，共有200多个弯。第一天进山，我的大脑就被转晕了……

后来，我把2017年8月间"三上绝命悬崖"采访一位老共产党员的事告诉了家人，他们竟然联手把我关了十余天"禁闭"：不让出门，断我所有外出活动。

老母亲不止一次流泪说：你也一把年纪了，别再折腾了好不好？让娘多活几年吧！

让年近九旬的老母亲牵挂，作为儿子的我非常愧疚，但又不得不说，妈，儿身为作家，写了一辈子，似乎今天才明白，以前所有的人和事都可以不写，但这个人不能不写。我的话说得有些绝对，但这位名叫黄大发的老共产党员实在令人敬佩和感叹，我甚至觉得他本身就是一个神话。

他到底是啥人？母亲不解地问道。

我说，"他叫黄大发。跟我父亲同辈，也是个村支书，不过他是在贵州的大山深处当村支书。在那个地方当村支书同我父亲在江南水乡当村支书相比，可以说，一个在地下，一个在天上！"

母亲投来了疑惑的目光，问，有啥不一样？

我说，不一样。那个地方的人喝不上一口干净水，如果不下雨，人会渴死，庄稼会颗粒无收⋯⋯

作孽啊！母亲长叹一声，摇头。

但就是在那样的地方，我去采访的那个黄大发老支书用了30多年时间，带着乡亲们，几乎是赤手空拳，硬是在千米高的山崖上凿出了一条几十里长的渠道，引来涓涓清泉，让村里人有了水喝，吃上了白米饭⋯⋯

一千米高的地方能凿渠？不成天渠了吗？母亲惊诧万分，睁大了眼睛。

"是，所以我才去写他。"我轻轻地说。

母亲看着我，半晌不语。而后长叹一声：你父亲当干部带领大伙干，已经非常不易了，但他命苦，早早走了。可那个黄大发更稀罕啊！

想起早逝的父亲，我的鼻子有些酸。可面对眼前的黄大发，我收起了眼泪，有了一种冒死也要为这样的人去书写的情感，不然怎能对得起这样的人呢？黄大发这样的人确实稀罕，所以我才冒着生命危险去采访他⋯⋯我再抬头时，发现母亲也在抹泪。

"你父亲他们那个时候的人都一样。"母亲喃喃地说了一句，默默地离我而去。

房间里空空的，只留下我一个人。但就在这一刻，我突然感到一阵恍惚：有两个人同时出现在眼前，一个是黄大发，一个是我父亲……父亲是幻影。他给了我生命。

黄大发是真实的。那些天，他带我上了一条让人命悬一线的天渠——天上本没有渠，天渠是黄大发领着村民们用几十年时间凿出的一条悬于云崖之端的渠道，天渠乃百顺之名。

当时从贵州回京已近一个月了，我右脚的脚板越发疼痛……无法想象，青年时期因劳作而落下的骨伤，竟然在40多年后的这次采访中复发，那是在我青年时代的一个冬天，在参加长江堤坝的加固工程劳动中，十五六岁的我由于每天跟着水利大军"战天斗地"，幼嫩的脚骨因此扭伤致轻残，当兵体检时我差点儿被淘汰。没想到几十年后的这回冒险走天渠，因连续用力过度、过于紧张，致使旧伤复发。

那难以忍受的脚骨疼痛，使我从生理上有机会与情感同行，念念不忘那几天与黄大发老书记一起走天渠的情景——

同行的当地干部早已落后得见不到人影。"走！往前，再往前走一点儿！"已经82岁高龄的黄大发，一直在距我三五米的前沿上带路，他边走边一次次地放慢脚步回头鼓励我。

我们各自手中拿着一根竹竿做的拐杖，另一只手则撑着雨伞——当时天正下着雨。如果在平地上或者一般的山路上行走，并没有什么了不起；但现在我和黄大发老人是在千米之上，高悬于绝壁上的那条被当地人称为天渠的堤沿崖子上行走，而走这条天渠需过三道绝壁，穿三道险崖，紧贴我身子左侧的，即嶙峋的山体，岩石凹凸不平，令人时时躲闪不及，一个不小心就会撞到脑袋。我身子右边则是万丈深渊，雨雾中更显幽深无底。此时山脚下的公路，已宛如一根细细的银丝线。我们的双脚之间，便是黄大发老书记当年凿出来的这条令我慕名而来的、如今被乡亲们叫作"大发渠"的天险之渠。

所谓天渠，其实是在山体边缘凿出来的一条宽六七十厘米、平均深五十厘米的石渠。该渠一边傍着大山山体,一边是峭壁悬崖。站在山的底端往上看去,天渠犹如刻在大山颈部的一条被切割的缝线;平行观察,天渠宛如一条系在山腰上的银丝绸带。那清凌凌的泉水,潺潺而流,即便是我们去的当日,老天下着中雨,但看着流动着清泉的天渠,仍然觉得赏心悦目。

这是纯天然的矿泉水。黄大发老书记做示范用手掌往嘴里掬了好几口清泉水。我随之学其样连喝几口——感觉仿佛是第一次品尝纯天然的矿泉水:清爽得甜!

"小心啊,这石板滑!"走在前头的黄大发,时不时地回头或者停下步子来拉我的手。一时可以,两回、三回也可以,但数公里、数小时让一位82岁的老人这么拉着我,我实在过意不去。

并非我逞强,只是想不能再让已经吃了不少苦的黄大发老人为我这样的"走马观花"者费力费心了。然而,我的这份心思却着实苦了自己——将自己置于命悬一线的境地。

这绝非夸张!

悬崖上的水渠茬子仅有二十厘米左右,黄大发老人可以在上面稳健行走,甚至可以用健步如飞来形容,因为在这么窄的"石沿沿"上(我这样形容脚下的"天路"),黄大发老书记已经走了几十年。我在后面看着他前行的身影,无法不佩服:稳稳当当,敦实有力。不到1.6米的个头,在如此山崖上行走,身子骨儿丝毫不晃;不像我,近1.8米的个头,瘦溜溜的,每走一步,左右摇晃,仿佛随时会被一阵山风刮到几百米深的山崖底下……那一天看水渠,我是斜倚着身体左侧的山体行走的,右边是深渊,所以在行进中,黄大发告诉我,身子得往左边倾斜一点儿。也就是说,有意将身子重心贴向山体,一旦摇晃,也是撞在石崖上。我心想:如果真的摇晃起来,撞在石崖上的一定是头部,那也得头破血流啊!但比起朝右边的悬崖滑去,让自己掉进万丈深渊,我自然宁可选择撞在山体上头破血流,而不愿去尝试滚下万丈悬崖。

"何作家,就到这儿吧!别往前走了!"当地的区委宣传部部长雪梅同志一次次地劝道。开始我很坚定地回答,"不,再走一段看看……"

再往前,是越走越无法迈出步子的险要之处。那一段像我这样近1.8米的个头必须弓着身子——水渠已嵌在悬崖的"脖颈"里了。

还走不走?我感到极其为难。双腿已经酸痛万分。

还有多长?我问走在前面的黄大发老书记。

刚走一小半……他说完又转身只管往前走。显然,他并没有意识到我已经力不从心了。

又经一阵"排除万难"后,看着我不停地擦着脸上的不知是雨水还是汗珠,雪梅部长非常坚决地拦住我说,不能再往前了!到这儿就可以了……

她的话,其实正合我意。说实在的,我已精疲力竭,再走下去危险程度必将成倍增加。

但我不能自己说不走了,因为走在前面一二十米的黄大发根本没有止步的意思。"老书记,你不能再让何作家往前走啦!"最后是雪梅部长有些厉声地喝住了他。

82岁的黄大发老人回过头,走到距我五六米处,止步看着我,他一言不发,那坚毅的目光紧盯着我,显然是让我自己选择。那一瞬间,我从老人的目光中获得了一份强烈的信息,性格倔强的他,是多么希望我多看看他的水渠,而且从他的目光中,我读懂了一件事:那水渠是他的全部成就,是值得一生夸耀的事。如果我不能走到他最想让我看到的地方,老人会觉得遗憾的,而遗憾的当然还有我,一个准备写他的访问者。

"走吧!再往前走!多看一点儿水渠,就能多了解一下老书记当年的艰苦奋斗精神……"我这么边说着,也就边迈开了步子。

黄大发的脸上顿时露出一丝满意的微笑。他把手伸出来,拉着我的——我们就这样继续前行。

水渠越走越险,后面的人已经没有几个了。宣传部部长雪梅同志则一直跟着,我劝她别走了。"你是女同志。"我说。

"你们不停下来，我敢停下来吗？"雪梅说。我知道她还有没有说出口的话：她不能让我和黄大发老书记有半点儿闪失，那将是她负不起的责任。

而那一天，我完全或者根本不可能把自己当作什么"部级干部""著名作家"。我只是觉得，一个82岁的老人在前行，甚至不时拉着我的手往前行，我有何理由退缩与止步呢？

且与黄大发站在一起时，我强烈地感受到：只要有他在，我绝对不会出事。尽管他没有说过半句这样打包票的话，但他的目光告诉我他有这个保证。我甚至相信，一旦我往山下滚，那垫在我身子底下的一定是他黄大发……

"再过几百米，就到水渠地势最险的擦耳岩了。"黄大发说。看他的神色和听他的口气，分明像是参加过上甘岭战役的老志愿军战士带着某种荣耀重回上甘岭战场。

擦耳岩这名字，听着就有些令人毛骨悚然。果不其然，近看擦耳岩，耳边就传来飕飕冷风，仿佛有锋利之物在你耳边削过。山岩是倒着长的，上凸下凹，头顶上看不到天，是斜凸的山崖顶在你的头上；下面是斜凹的峭壁，人在水渠上行走，只能双脚潜入水渠中间……在接近擦耳岩的水渠上，设着一道小铁门，一般人到这儿就不让再往前了。

雪梅部长看着我和黄大发，显得十分无奈。我朝她笑笑说，"来一趟不容易。老书记跑了近半个世纪，而且这是他们开山辟崖凿出来的路，他走了大半辈子，我们才来一次……"

不知是我的话激励了黄大发，还是他太想让我了解他的"丰功伟绩"，老人竟然又十分欢实地走在了水渠的茬口上，真的有点儿健步如飞！

"小心——老书记！"雪梅受不了了，喊的声音都有些变了。

"老书记，您还是小心一点儿为好。我们走水渠吧！"我用另一种比较温和的口气跟黄大发说。

管些用。老人家朝我一笑，说："没事。我走了几十年，熟悉这里每一块山崖的脾气……"再看看他的走崖姿势：双腿迈出，稳如磐石，每一落足，犹如铁钎凿在石窝里，四平八稳。这架势，分明就是飞檐走壁之功，你无法不服。82岁的老人，却完全不像我们这般每走一步，瞻前顾后，方小心翼翼地挪动一步，身子仍然在摇摇晃晃之中……

我感觉后背的汗水比雨滴流得还要多。老实说，在黄大发面前我深感惭愧。

到了——终于到了擦耳岩！

这个时候，除了我和黄大发外，已经没有几个跟随者了。县里的一位同志甚至半鼓励似的对我说，"你或许能够创造到这天渠的最高级别干部的纪录了！一般领导干部都不会上这么危险的地方。"

我想：我这算什么？我仅仅是黄大发的采访者而已。而一般的凡人是无法与黄大发相比的。他是大山的儿子，他是大山的神，他本人就是一座巍峨的大山！只要他出现，大山就不会抖动，而他的身躯，我甚至觉得就是大山的一部分，与山岩不可分。所以，地势再险、再峻峭，在黄大发那里，根本不是什么危险，那些只是一些可有可无的基本概念。

但，峻峭的大山、悬崖与绝壁，对我们这些凡人来说，它在很多时候是无法逾越的天堑，甚至是鬼门关。

现在，我身临擦耳岩。当我举目环视一番之后，内心无比惊叹：他黄大发竟然能在这么个地方开山凿渠！在这里，即使你站立于几十厘米宽的水渠中，也会感觉双腿是酥软的，身体仿佛一棵无根须的小树苗，没有风吹，你已在不停地摇晃。所谓的水渠，其实是嵌在悬崖上的一条窄窄的石槽而已，身子稍稍往外倾斜，那几百米深的绝壁悬崖肯定会让你粉身碎骨。

黄大发似乎早已看出我有许多疑惑的问题要向他提出，然而他却偏偏不接话茬，而是实实在在地让我在现场感受天渠之"天"的一面。

"凿这一段渠，我们整整用了半年时间。人多了没用，光一两个人也不知凿到何年何月，所以在那半年里，基本上都是我带着村上五六个骨干吃住在这里……"黄大发一边用手捞着清澈的泉水，一边跟我聊着他的渠。

"慢，慢，老书记！"我打断他的话，"你说你们当年在这里吃住？"

"对呀，就是在这里吃住！"黄大发肯定地朝我点头。

这个地方……能住？我左右环顾，无法找到答案。

来，再往前走十几米。他又拉我前行，是以弓着腰、捂着脑袋的那种姿势往前行，因为有的地方的渠道和凸出来的岩石之间只有一米多一点儿的距离，我们只能把身子弓得低低的。

"看，我们就住在里面……"猫腰走了一段后，黄大发老书记让我直起腰看"奇景"：嘿，是一个小山洞啊！

想不到在悬崖绝壁上，竟然有个约一平方米空间的洞穴，其高度与我身高接近。洞穴内还残存着一些灰渣，岩壁上还有一些人工印痕。

"都是我们干活时留下的……"黄大发很自豪地告诉我。

"那个时候你们就吃住在里边？"

"是。有这么一块好地方，天赐的！"老人的脸上乐开了花。

我能想象，那个时候他和村民是如何蜷曲着身子在这洞穴里，或淋着飘落进来的雨水，一天又一天地等着开山凿渠早日完工。其情其景，有苦有乐，真是一群不屈的山民！

雨，越下越大。天渠到擦耳岩并非是收笔之处，前面还有十几里长，黄大发说还有两处非常险要的地方，跟擦耳岩差不多，就不用看了。从他的眼神中我看出，对我能跟他到了擦耳岩，他已非常满足。"明天带你去看水源……"他说。

这也是我的愿望。如此一个伟大壮举，其潺潺而流的清泉自然极大地诱发了我探秘一下源头的想法。我想亲眼看一下，当年黄大发为何如此强烈地渴望把这么好的泉水引到自己的村里，那水一定让黄大发着魔，不然他不可能花几十年的心血去凿这么一条老天爷都做不到的天渠。

这就是我第一次跟黄大发老书记去看天渠的现场感受与经历。

第二天，我们整装出发。从黄大发所在的草王坝村到水源地螺丝河有20多分钟的汽车行程。小车在山谷之底行走，黄大发让司机在中途停下车子。

"喏，你看我的渠在那儿——"黄大发待我推开车门，便拉着我指指与天接壤的大山顶端。

我仰头看去……看到了：在大山的颈部，有一道浅浅的"刀痕"清晰地刻在那里。

就是它。从这儿看上去就像头发丝似的……黄大发开心地比喻道。

从山底看去，如今被百姓称为"大发渠"的水渠，确实如天渠——令人肃然起敬。"你，这个——"这一刻，我觉得用其他任何语言来表达对黄大发老书记的敬意都不太准确，所以只是向他连连伸出大拇指。

他再次满意地笑笑。走，到螺丝河去。

螺丝河，我已经对你极其向往了。这是因为黄大发和他的天渠。你让我浮想联翩、无限神往，并一路在想象你的气势、你的磅礴和你的浩荡。我甚至想，你或许无法与我故乡的太湖之水相比，但你也应该有一个难以企及的容貌，因为你是天渠的水源，你定像平展展的一面银镜，你也许还像黄果树瀑布那样秀丽壮美……总之你应该是一处宽阔的水域，我甚至想象着像到了杭州一样渴望再一次看看西湖之美——迈着轻松的步子，怀着闲适的心境……

可，我完全错了。错到了家！

黄大发的天渠水源地，差点儿让我再次送了命——

从小车上下来，再到水源地，用黄大发的话说"就在前面"；按他外孙的话说"大约两里路"。城里人到山区，千万别轻易相信山里人口中所说的路程。他们的路程是他们生命的一部分，完全不是按实际计量单位计算的，那只是一种习惯的感觉而已，同实际意义上的里程无关。

这一回我竟天真无邪、毫无半点儿怀疑地信了他们，为此，我差点儿丢掉了小命。不过，结果是就像前面已经说过的那样：只要有黄大发在，我就不可能有事！

然而，我的双脚并不像我的心一样笃定与虔诚，因为从土公路上下来，黄大发领着我们往一座草木密布的山里走去。依然没有路，"路"便是通向草王坝天渠的渠头的渠壁。由于海拔不同，所以这里的水渠基本是一条贴在十几米高的岩壁上的山谷溪流。此处的水渠大小仍然与几公里之外的天渠差不多，不同之处是这里的渠壁简易得多——内壁是山体石壁，外壁则比前一日行走的高山上的水渠的宽度窄了一大半，平均也就十几厘米，且长满青苔，许多地方被草木掩盖着，湿淋淋的，奇滑无比。

这能走吗？我一看，便惊出了半身冷汗。

"维维，你看好何作家！"黄大发没有跟我说话，而是对同行的他的外孙况维嘀咕了一句，我没全听懂。只是听到刚大学毕业回乡来看外公黄大发的况维用普通话跟我说，"你抓住我的手。"

我感觉有些无奈，因为我必须抓住他的手上行，否则我今天根本不可能看到水源！我有些后悔：为什么非要来看水源呢！

但已晚矣。黄大发想让我看水源的决心，从他连头都很少回看一下的样子就能知道。80多岁的老人，竟然在前面披荆斩棘，双脚踩在狭窄的渠沿上如履平地，而且他的心里完全没了前一天带我上山看天渠的那份陌生感，似乎是一位勤劳的农民在秋天带朋友去看他那丰收的庄稼一般，满怀喜悦……

今天，不是死定了，就是摔个头破血流！我预感这两种结果我无论如何也很难逃脱其一，前者也许言过了，后者实在无法避免。

心情真的紧张极了。

先是一个流着水的陡坡，一番前拉后推，总算把我"送"到了"路"上。还好，只湿透了皮鞋和裤腿，没有伤筋动骨。

但之后的"路"就是"二万五千里长征"：那已经好几年没有人走过的十几厘米宽的渠壁上，不仅有青苔，而且还有不少残泥，两者混在一起，再加上天下着蒙蒙细雨，这就让人"五岭逶迤腾细浪"了——你每一次抬腿，必须慎之又慎，直到先迈出的那条腿稳稳落定、待没有滑余时方可再抬后一条腿，这样才能保持身子重心平衡而不会影响后一条腿的抬移。然而，人在几乎悬空的十几厘米的石壁上行走，宛如一个从没有练过平衡木的人，一下子让你上去比赛或开练，绝对很难保证身体不左右摇晃。

如此一步一移，不出三五十步，我已感觉后背湿透……

黄大发则在前面悠然自得地继续"披荆斩棘"，继续"如履平地"，并不时地用我听不懂的土话吩咐外孙"保护"好我。但同行在狭窄的石壁上，小伙子即使想严格地"保护"我，有时也无法实现，因为他拉着我的手，却无法管住我的双脚，我随时有可能被滑氽的青苔所愚弄。更何况，一部分水渠的石壁甚至已经残断残失，小伙子自身都难保。

已经到了这个分儿上，任何后悔和怨言都没有用。只有向黄大发学习，也必须向他学习——他一个八十又二的老人在前行，你差一大段年岁有何脸面胆怯退缩？

唯有向前！唯有准备摔个头破血流！我做好了两个准备：尽可能地摔得不那么惨，而且绝不能掉下去！因为如此往前行，不摔似乎不太可能，"有准备"地摔，或许会减少点头破血流的"牺牲"。老实说，我不敢再往下想了，毕竟已非青春年少，在悬崖峭壁上摔一跤，我无法想象会是啥样——听天由命吧！

谁让我认识黄大发的！他是山神，我来写他，他都不能保护我还有谁能保护我？这一天，我又把自己的命彻底交给了黄大发，交给了山神。从小在江南水乡长大的我，大多数时间在京城里工作与生活，虽然也曾去过许多名岳大山，但真正像现在身体与灵魂和大山如此贴近、深入，全部交付于它，还是第一次，也就是在这种境遇下，我的脑海里跳出不知是哪位旅行家说过的一句话：当你将命运交给苍茫的大山时，不要想别的，能做的事就是用心灵去与山神交流。

心灵与山神如何交流？只有你自己去感受和体会。

我停下了脚步，擦了擦额上的不知是汗还是雨水，然后深深地吸了口气，环视了一遍四周，心中忐忑不安。黄大发的外孙在距离一两步的地方等着我。要不……他用目光征求我的意见。

"没事。"我摇摇头，反问况维，"你走过这里吗？"

"小时候经常走。"小伙子说。

"是吗？"我感到惊诧。为什么？是跟着他外公来看他们开山凿渠？不对，那个时候，这孩子还没有出生呢！我自己心里笑起来。

"我家住在这座山的后面。小时候到外公家没有公路，抄近路就从这渠崖上走。"小伙子说。

我内心一震：这就是大山里的孩子！"不害怕？没摔过？"我关切地问。

他摇摇头，"没有。"

"这么厉害呀！"

"开始是外公接送的，后来就自己走了……"小伙子解释道。

"明白了。大山里的人都有山神保护着哩！"

我突然想到：为什么要怕呢？大山里的人有山神保护着，我则有黄大发和他外孙等大山里的众乡亲保护着，有什么可怕的！倒下了，再爬起来呗！头破血流了，只要还有一口气，他黄大发和小伙子能丢下我不管吗？我像阿Q似的鼓足了勇气，而这份阿Q式的勇气真的管点儿用。

"走，跟上你外公！"我感觉山神就在身边。

我感觉自己的双腿找到了在峭壁上行走的诀窍和要领——每一次抬腿的时候，必须将脚板或左或右地在原来的姿势上改变30度左右，并尽可能地将脚板横落在水渠的石壁上，这样就减少了青苔的滑尔——当然保持时刻的小心翼翼和坚定的勇气是前提。

"快了，再有几十米就到了！"对黄大发和其他人说的这样的话，我也不再去计较了。他们越说"快了"，越说只有"几十米"了，我越在内心给自己暗示：加油，还早着呢！至少还有几百米呢！

我们继续跟着黄大发前行。我竟然有些吃惊，十来个人，走着走着，一点儿声响都没了，谁也不说话。为什么？我趁着歇口气时，前后细细观察了一下：噢，原来这"路"越走越险，就连黄大发和草王坝的乡亲们都目不斜视、全神贯注地注意着自己的脚下……

那一瞬间，我感觉我成功了——我与大家一样，大家与我一样，我们的心都紧贴在了这危险异常的水渠上，都融入大山中。

那一瞬，我感觉山神一定在一旁默默地笑了。

"你们听——有水声了！"黄大发突然在前面喊了一声。是，你听——哗哗的水声，而且是比较湍急的水声。

看水源的队伍顿时开始热闹了！

这时，我突然感觉有一阵冷风飕飕地吹来，全身格外清爽。我抬头一看，原来有一个十几米宽、很深的大洞穴，洞形如一只张开嘴的海蛤，冷风就是从里面回吹出来的。

"当年我们筑渠时，正值冬天，就在这里住了近半个月……"黄大发健步如飞，冲到了洞内的一块巨石上，随后有几位村民也跟着冲了上去。他们居高临下地边观察洞穴，边七嘴八舌地回忆着当年开山凿渠的峥嵘岁月。

"冬天住在这儿不冷？"我感觉这个洞像刚打开的冰箱，寒气很冲。

"这里冬暖夏凉。"黄大发回答我时脸像一朵绽开已久的菊花。噢——我一下明白过来，但同时又一阵心酸：中国的农民就是这么容易满足，他们把最苦的生活中的一份意外的乐趣，视为幸福并满足。

天渠水源的真容出现了！它让我感到意外之意外，因为它完全没有我想象中的壮阔，也没有如湖泊般的壮观，更没有平展如镜的气象……它只是从高山往下流淌的一条溪沟，一条比较大的溪沟而已。就这样一条溪沟，让黄大发和草王坝的几位与它久别的村民，如见到久别的老友一般欢欣。他们甚至连蹦带跳地下到了溪水中，有的狂喝起来；有的一掬又一掬地往自己的脸上泼水；有的则站着不停地傻笑，嘴里嘀咕着"真清""真好"一类的话。黄大发也一样，像孩童般地将水往古铜色的胸前拍打着……

这是一幅独特的"戏水图"，一幅祖辈缺水的山民"戏水图"，一幅以自己的勇敢和勇气创造了奇迹并尝到了甜头的山民"戏水图"……

我也被黄大发和草王坝村民们所感染，不由蹲下身子，捧起一掬清泉放入口中，啊，真的很甜、很甜！

难怪黄大发发了生命之誓要把它引入几十里之外的家园……

这一刻，我似乎才明白，这条叫螺丝河的"河"，它在黄大发的心目中是多么崇高和神圣，也明白了他非要引我到此一睹的深意。因为，这是他心目中的神。

山神并不一定就是石头的化身，山神有可能是从石头中流淌出的精气与精神。在黄大发开凿出的天渠中潺潺流淌的清泉，难道不正是这大山的石头里涌出的精气与精神吗？

啊，大山、大发，还有天渠、草王坝，你们和你们的这些名字，都是大山深处的灵性之物，你们不都是一个个山神吗？

现在，我来了——要将这山神用精气神砍出一条天渠的故事告诉世人，让全世界永远记着中国有这样一位山神，他用为人民服务、让人民过上好日子的共产党人的理想和信仰做出了一个"前无古人，后无来者"的旷世壮举，创造了人间奇迹！

第一章

| 第一章 |

30 年不忘初心

当年 66 岁的黄著文在遵义市播州区（以前叫遵义县）绝对是有头有脸的水利专家。1976 年他从贵州工学院水利专业毕业后，就在当时叫遵义县的县水利局工作，退休前他在管业务的副局长职位上干了 20 余年。

全区的每一条溪、每一个大大小小的水利工程，没有他不清楚的。区上的干部这样向我介绍黄著文。（黄著文也因此变得很牛。一则他有理由牛，二则历史上的播州本来就很牛。早在商周时代，这里就有百濮人在此居住。唐贞观十三年（639 年），播州府在此设立，直至明朝万历二十八年（1600 年）。当然，播州改成遵义后，最出名的当属 1935 年长征中的中国工农红军三进三出于此地，并在此召开了闻名中外的遵义会议和苟坝会议。）

"那么黄局长，你应该对黄大发很熟吧？尤其是他开凿的那条'大发渠'——村民这样称呼……"那天，我见到黄著文后，问他。

他摇摇头，说，"其实原来也不是太熟，或者说根本就算不上熟。我在县上搞了近一辈子水利工程，大大小小的项目接了不下百个，由于工程的原因，全区上上下下，至少也接触了好几万人吧！但除了单位同事，真正记得住的人其实也不是太多。"

"黄大发呢，他属于你记住的还是没记住的？"我又问。

"老实说，在媒体各种宣传他之前，他还只是个我不是太熟，但是让我记得特别牢的人。"

"为什么不是太熟,又对他记得特别牢呢?"

黄著文长叹一声,仰头闭目了一阵,好像心头对一件特别沉重的事情释然了似的,说:"我已从岗位上退下来六年了,我这一辈子也算是个知识分子吧,但不是党员,要说工作也干了些,但身上也有些知识分子的通病,让我瞧得起的和真正佩服的人没几个,就是这几个,说句实话也还有的不咋样。但,说起黄大发,我不能不佩服。他是一个真正的共产党员。像他这样的人,在遵义也只有他黄大发一个,我认为在全国甚至全世界,恐怕也绝无仅有!所以,上面说要宣传黄大发,让我去当演讲团的成员,我没有推辞,我说我愿意讲,我要大讲特讲黄大发的事迹,因为他是一个崇高无私的人。他这个人就像是一个神,像是一个因为有了为百姓做好事的理想和信仰后变成了神的人。所以,我觉得他是一个神!我们山里人相信大山是神灵之物,山神是有的。他黄大发就是一个。"黄著文说完后,重重地向我点头。那个神圣而虔诚的表情,显然是为他自己的庄重性做出进一步的肯定,当然更是对黄大发这个"神"的敬重。

我虽然不相信世上有绝对的无私者、崇高者,但世上确实有这样的人。世俗的社会和世俗的环境里不容易让一般人成为无私者和崇高者。我们山区有许多地方不同于世俗社会,尤其是在大山的深处,就叫它深山里吧。那些地方真的太淳了,那里的人的纯朴程度让你无法想象,许多我们一般人觉得不可思议的事,在那里就变得非常自然。黄著文说,"所以我们贵州才有了黄大发这样的人,他是真正的大山里的人。80岁之前,他到过最远的地方就是我们县城。到县城也是为了给百姓办事,为了开凿他的那条水渠⋯⋯而且他第一次到县城,是靠着一双脚走到县城的。寒冷的大冬天哪, 200多里山路啊!他就是这么一步一步地走到县城来的呀!当时我看到他穿了一双破解放鞋,脚指头还露在外面⋯⋯"黄著文说到这里时,双眸噙满了泪水。

一个铁骨铮铮的长者,到底是什么事能让他回忆起来如此激动?

"应该是1990年的冬天。腊月的一天晚上,黄大发跑到县城来找我。"黄著文说,"开始我并不知道他找我。因为那天我到乡下去落实一件冬季农田水利建设的事,回到县城时已经很晚了。快到家时,我突然看到暗淡的路灯下,我家门口有个人好像在等谁似的,但一下又看不清是谁,所以我边朝前走边注意观察。就在这时,那个人突然冲我快步走来。还没等我看清他是谁,那人就抱住我哆嗦着连声嚷了起来,'小黄!黄著文!黄局长……总算见着你了呀!'"

"你是……"一个愣怔,他没有一下认出对方是谁,但又好像在哪儿见过。

"我是黄大发,草王坝的黄大发呀!"那人说。

"哎呀,你是黄大发呀!你怎么到这儿来了?有啥事吗?"黄著文问。他不明白个头本来就很矮小的黄大发怎么穿了件那么单薄的衣衫,他的全身都在发抖……

"快到屋里来!你怎么冻成这个样嘛!"他一把拉住黄大发,就将他往屋里拉。进屋后,他又赶紧生起火,让黄大发挨着炉子取暖。

"总算找到你了!你现在当局长啦!太好了!"嘴唇冻得发紫、说话断断续续的黄大发激动得直跺脚。

"你怎么知道我住在这儿?"他问。

"我到了县城,就打听你们水利局在哪儿。后来总算找到了,可人家下班了。问了看门的,他说你这些天没上班,到乡下去了。我就要来你家里的地址。县城大呀!找了两个多小时,又在你这门口等了个把小时……嘿嘿,总算没白等,你回来了!"年近花甲的黄大发高兴得像孩子般冲着他说,"你现在当局长了啊!"

"副的。"他纠正道。

"副的也是局长嘛!"黄大发开心地说,"你当了局长,我的事就有希望啦!你一定是我的'大救星'……"

"嗨,你千万别给我戴高帽子!还是为了你的那条渠?"黄著文隐隐约约想起十几年前第一次与黄大发认识时的事,那一次被他拉去看过的那条废弃的水渠……

"是啊!我一辈子能做的也就是修渠这一件事,所以你要帮我的忙!"黄大发的身子还在发抖，但人却很快冲到他前面，再一次紧紧拉着他的手，连声恳求道。

"黄著文！黄局长，无论如何，看在我们是老相识、老朋友、老工友的面上，你得帮我一把！那水渠对我们草王坝、对我来说，就是命。不，比命还要重要！你一定得帮忙啊！"

他感觉自己的手被对方捏得非常疼。两个男人的目光此刻长时间地聚焦在一起，并产生出对撞的火花，那火花是火山、是岩浆、是力量——不易被感动的黄著文，在这一刻被黄大发的虔诚和迫切的愿望强烈地感染了。他说，"坐下来谈，别着急！"

"我……我还是站着……站着好！"黄大发放开他的双手，尴尬地笑。

"你这是怎么啦？都到我家了，你还客气啥？"黄著文困惑不解。

黄大发不好意思地拉拉衣角，"我身上太脏……"

"看你这个人！"他一听就生气了。上前用力一把将黄大发按在椅子上。说，"你先坐着，我给你做点吃的，也好暖暖身子。"

"别别，我已经吃了！你别去忙！"黄大发站起来，一把拉住他，这么说。

"我不相信，你吃了？在哪儿吃的？"

"就……就在你家前面拐弯路口的一家小铺里吃的。"

"尽瞎说！那边哪有小铺嘛！"他笑黄大发说假话穿帮了。

"是吃了！你千万别忙了！你不跟我说工程的事我就走。"黄大发犟着脾气说道。

他无奈地摇摇头。"那你就先坐下，谈谈你的水渠吧。"黄大发顿时情绪高涨。只见黄大发从斜挎的黄色军用包里取出一卷纸，展开道，"这是我们给你们局里打的报告，乡里、区里都盖了章的……"

"大发书记，你先不用跟我说报告的事。我今天要认真地告诉你一句话，这么大的工程，就靠你草王坝一个村，千余号人，二百来个强劳力是吗？"黄著文停住话问。

"234个。"黄大发回答。

"就算你有300个劳力吧。"他又问,"你知道整个工程需要多少劳力吗?"

"多少?"黄大发瞪大眼。

黄著文无奈地拿起笔,做了几个乘法,然后将笔往桌上一扔,说,"至少六七万个劳力!按你现有的300个劳力算,你说你要修到啥时候?"

黄大发瓮声瓮气道,"我不怕,一年修不成两年,两年修不成三年、五年都成。只要我活着,就一直修下去。如果我死了,再让儿子、孙子他们继续修下去!"

"你真想当愚公啊!"他叫了起来。

"我不是愚公,但我要看到自己村的地灌上水,百姓能吃上白米饭……"黄大发的眼珠一动不动地看着他。

"你……"他还想说什么,当视线触碰到黄大发那坚毅的眼神时,他的内心一阵痛楚和无奈,这是个顽固不化的人,同时又是一个不轻易改变主意的人。

"你……好,就算你有劳力,子子孙孙修下去,可你有钱吗?"他再问。

"所以我跑了两天来县里找领导,请领导们帮助。"黄大发的眼珠仍然不动。

那……他想告诉黄大发,"全县一年用于农田建设的水利经费也就二十来万,都给你黄大发也不够用呀!"

"如果领导给的钱不够,我们村里百姓卖掉玉米、豆子,还有其他的东西垫上。如果再不够,我们去扛石头,赚了劳力费也一起垫上。女人们还可以养鸡卖鸡蛋……"黄大发说了一大串。

他越听越堵心,"别说了,别说了。我还想问你,上次你那条水渠为什么花了那么大的代价仍然没有通上水呀?"

"就是技术不行,我们没有技术。"黄大发的眼珠转动了,并且闪着光芒。"现在不是好了吗?有你黄局长!有你帮助我们,技术问题就不是问题了嘛!"

"你……好了好了。今天我们不谈你的水渠了!"他摆摆手,半命令似的说,"你已经跑了两天了,也不知你是怎么跑到县城来的。一定累坏了,今晚你在我这儿好好睡一觉,明天一起到局里谈你的事。"

"不不!我走!我走!"突然,黄大发站起身就往外走。

"嘿,你现在去哪个地方呀?"黄著文赶紧拉住黄大发,说,"你不在我这里住,你还想往哪儿去呀?"

"有地方住。我自己有地方住!"他这回使出很大的劲儿挣脱着往外走。

"你这个人怎么回事?"黄著文有些生气了,说,"这么晚了,你上哪儿去嘛!"

"你不用管了!今天见到你就是我最开心的事!明天上你单位啊!"黄大发一挥手,就在街头消失了。一个矮小又穿着单薄衣衫的老人消失在北风呼啸的县城的街头,像一颗飘动的尘粒,被寒冷的夜空裹在寒气中消失得无影无踪⋯⋯

黄大发后来告诉我,那夜他住在两块钱一宿的一家小旅店里。"我身上那么脏,哪好意思住人家黄局长家嘛!"他说,从黄著文家出来已经很晚了,他找了几家旅店,费用都很贵,都在十元以上。他已经出来两天了,身上的钱不多了,而且还要回家呢!所以找了好几家,最后他才到一家最破旧的小旅店,人家也要八块钱一夜,是八个人一间的。他说:"我不住在屋里,走廊里是不是可以便宜点儿?"最后人家同意了,"看你这么大年岁了,照顾一下吧,给两块钱算了。这可能是天下最便宜的旅店了!"

刚在走廊里睡下的黄大发,突然被人嘿嘿地叫了起来。"什么事?什么事?"他迷迷糊糊地问。

人家说,"你这打呼打得也太玄乎了吧!我们睡不着,你得搬走,不能睡这儿!"

黄大发赶紧道歉,拉着钢丝折叠床和被子,往走廊的尽头没有人住的地方挪。他自言自语道,现在可以了,现在不吵人了!

等他再睡的时候,竟然睡不着了。他想想这两天走过的路,一阵悲喜。悲的是从草王坝到县城,竟然有那么远的路!竟然要走整整两天,而且还是紧赶慢赶在下午临下班前才赶到了县城。经过这两天,黄大发明白,村子外面的世界太大了！喜的是总算找到了水利局，关键是水利局的熟人黄著文竟然当上了副局长！有熟人是局长，咱草王坝的水渠就有希望了！想着想着，黄大发就闭上了双眼……

第二天早晨起来的时候，他发现眼眶边怎么有些黏糊糊的，嗯，是泪迹啊！昨晚自己怎么流泪了？为什么？

好事。咱水渠有戏了！他异常高兴地在小店用五毛钱买了一碗粥和一块酱豆腐。匆匆吃完后，抹抹嘴就直奔水利局。

同一个晚上，还有一个男人流了泪。他就是黄著文。

黄大发走后，黄著文自己动手弄了些吃的，正好这天他的妻子带着孩子回娘家去了。吃罢，洗漱完毕，上了床，黄著文的眼前又闪出了黄大发的身影……本来，这一天从乡下赶回家已经很累了，但躺下后的黄著文怎么也睡不着，因为黄大发的影子一直在他的脑海里。

黄大发啊黄大发，少见，少见你这样的人！真是一个奇人……黄著文的脑子里一直在想，这么个小老头，他怎么就想得出从几百里外的大山深处，靠双脚走到县城！晚上如果不是他黄大发出现在家门口，若换个什么地方，他黄著文一定以为他是个要饭的流浪汉。瞧他大冬天的穿着一条单裤，脚上的一双解放鞋露着脚指头，冻僵的脸青一块紫一块……但他不是流浪汉，是带着乡亲们修渠的已经当了几十年的村支部书记黄大发啊！

大山里的人多么实在，也多么可怜！黄著文睡不着，是因为天下竟然有黄大发这样的人，他为了村里的一条不知是否能修得起来、是否能通得上水的渠道，竟然在时隔14年后，重新来找他……

14年！黄著文想了想： 14年前的1976年，自己刚从贵州工学院水利专业毕业参加工作。碰到的第一个"怪人""奇人"就是黄大发。

14年啊，一晃就这么过去了！黄著文睡不着，干脆起身打开灯。镜子里的他，已经不再年轻，由于常年在山区的水利工地上奔波劳作，头上都有银丝了。虽然一直在水利局工作，但黄著文的岗位已经换了不知多少个，光在局内的业务股就换了五六个，从小科员到工程师，一直到现在的副局长。黄著文觉得虽没干出什么大事，但也算在遵义这小地盘上叱咤风云十几年了，阅尽山川人物无数，却没想到竟然对黄大发此人不甚了解！

一个村支书，一个做梦都想给村上开凿一条能让村民们吃上白米饭的水渠的村支书，14年的决心从没改变过！不对，认识黄大发是14年，但他黄大发上山开凿挖渠可不是14年，应该是30年了啊！从1960年到1990年，不是整整30年吗？30年不忘初心，少有！没有！

一想到这些，黄著文更无心安睡了。也不仅仅是为黄大发这一颗30年不变的心，更多的是，14年前与黄大发第一次见面时的情景太让黄著文记忆深刻了——

1976年是个什么样的岁月？这一年中国遇上了大难：周恩来、朱德、毛泽东相继去世，同时还发生了一下死了近30万人的唐山大地震……当然，也有粉碎"四人帮"这样的喜事。总之，这一年对中国人来说，经历的感情波折太多、太深！

贵州山区的普通百姓，除了上面这些共同经历的国家大事，也有他们自己的事情。比如黄著文他正好在这一年大学毕业，10月份，他怀着"沉痛悼念毛主席""化悲痛为力量""到最需要的山区建设好自己的家乡"的愿望，到家乡的县水利局报到上班。

上班后的第一个任务是到平正乡那边的一个水利工地检查工作。黄著文说，"那时没有公路，连像样的土路也不多。我和局里的另外两名干部也是步行了两天才到达那个乡的。有一天一位个头很矮的中年人找到他，说，'听说小黄你是大学毕业生，专门学水利的，我想请你去看看我们那儿有条水渠为啥通不上水。'我问他那条水渠是县上的工程还是乡里的工程，他说都不是，是他们村上自己挖凿的。"

"有没有名？"黄著文又问。

"有啊，叫红旗大渠。"那个中年人回答的声音很响亮。

黄著文赶紧翻了一下局里发的有关全县水利工程的资料小册子，可就是没找到"红旗大渠"。"没有你们的渠嘛！"

"没通上水，所以就没进你们的小册子里。"小个子中年人这么回答道。

"那你是什么人？跟水渠有啥关系？"黄著文又问。

"我叫黄大发，是村上的党支部书记，草王坝村支书。那水渠就是我带领大家凿的，可惜没有干成……"中年人很沮丧。

黄大发！名字挺吉利。大发、大发，可惜没发起来。黄著文心里一阵窃笑。

"看在本家同姓的面上，我跟你去看看吧。"毕竟是刚毕业的大学生，人家一位村支书跑了十几里路来求情，黄著文自然被感动了。

"河南不是有条毛主席都知道的红旗渠吗？所以我们当时也给自己的这条渠起了个名，叫'红旗水利'。"一路上，黄大发跟大学毕业生黄著文讲他和水渠的故事。

"随后我们水利局的三个人先去了黄大发自己叫作'红旗水利'的水源地。跟着他一直沿着他们在山上开凿的石渠走，最后穿过一段几百米的隧道……几十里路，又是在山上，十分难走。出隧道时天就黑了，我们又跟着打着火把的黄大发披荆斩棘走了十多里山路，很晚才到了草王坝村。"黄著文说，"那真是大山深处的穷山村！我们走进黄大发所在的那个自然村的时候，一片漆黑，除火炬一样的几束火把外，就是狗叫声，静静的，挺吓人的。这也是我上班搞水利工程后第一次夜间来到大山深处，所以感触特别深。"

"村里没有任何可以接待我们的地方，黄大发说，我们就住他家。进了他的家，我才知道啥叫山里人，啥叫我们贵州山区的穷百姓。那个时候已经是1976年了，中华人民共和国已经成立20多年了，可是我看到的黄大发家就是像过去'忆苦思甜'中那些贫下中农所描述的那样，墙壁是用玉米秆和竹子编夹的，只有房子前面几垛墙用的是木板。几间房子里面除了两张床和一个灶头，好像啥都没有。只有墙角的几根竹竿上挂着不少玉米，这大概是一家人的口粮和全部'可支配'的家当了！黄大发他还是一村之首呢！其他普通的村民家是啥样？我心想：不知道是否能确保顿顿有玉米吃啊！后来我发现，这个草王坝村的村民包括黄大发家在内，他们平时连玉米都是不够吃的。他们吃的主食叫苞谷糊，是连玉米芯一起碾碎磨成粉后制成的一种东西，难吃极了，现在想起来我还觉得嗓子被啥东西卡塞住一样无法下咽……"黄著文连连摇头，回忆道。

当时快10月底了，山区的夜里很冷。黄大发家只有两张床，他和妻子还有两个孩子在身边。他就对黄著文他们说，家里就这个条件，他们仨睡一张床。他的意思是他们一家人睡另一张床。"这对这些在山区工作的水利工作人员来说，好像习惯了，所以比我年长的两位同事说，挺好挺好，麻烦黄书记了！我呢，是新毕业的大学生，单位同事说好肯定也就这样了。睡的时候，我发现我们仨盖的是两床被子，还行，睡下后不算太冷。因为白天走的路太多，我累了，一躺下就直到天亮才醒来。"

"我是被几声狗叫吵醒的。清晨，山区的狗叫声特别响亮，好像也特别凶似的。我最先起床，可就在这一刻，我被眼前的景象惊呆了：黄大发一家四口，竟然连一床被子都没有，仅靠身边的炉灶的那么一点儿热气过了一夜……我当时很感动。后来黄大发对我说，他家只有两床被子，怕我们冻着，就都盖在了我们身上。他和妻子就在火堆边坐了一夜，不停地往火堆里添松枝，生怕孩子和水利局来的三个人半夜冻着。"

"这样实在、这样真诚的山里人，你能不被感动吗？"黄著文说。

"其实那晚我们跟黄大发谈了很久，一直聊到快深夜两点了。他长吁短叹地问我，为啥他干了十几年，山上开凿的水渠仍通不了水？他说，因为这条渠，他把全村的人都得罪了。黄大发告诉我，因为他答应村民们要把螺丝河的水引进村里，让他们喝上干净水，让地里灌上水后能种上水稻，这样全村人就有白米饭吃了，就不再会有一串串的光棍找不着对象了。当时，有一件事我记得特别牢，黄大发他指了指自己身边的一个儿子，看上去也就六七岁，说他儿子已经攀亲了，女娃是本村的。我感到震惊，这都啥时候了，为啥还有娃娃亲呢？穷？穷也不能这样害孩子嘛！现在都是新中国了，你这草王坝虽然在遵义的深山里头，但也还是在离中国红色革命纪念地不远的地方，你们怎么还搞旧社会的一套？"黄著文说，后面的话虽然在当时并没有对黄大发全讲，但他听了黄大发讲到自己的儿子才六七岁便有了娃娃亲后，确实带着怒气，说了一大通话。

黄大发并没有怨这位年轻的大学毕业生说话没轻没重，只是久久地低头不语，仿佛做错了事的孩子，默默坐在小木凳上一声不吭。那一刻，黄大发的屋子里，只有炉子口的松枝在烈火中发出噼噼啪啪的声音。水利局的另外两名干部用责备的目光看着黄著文，有些怪他多嘴。黄著文也感觉自己说得有些过分了！"你一个刚刚从学校走出来的学生，知道山区啥情况吗？你算老几？"他在心里后悔着。

"小黄同志，你的话其实没有说错。确实不是我们村里人不知道现在是新中国了，也不是我们思想迷信落后，但我们这里也确实有你们县城人、你们外面的人不知道的情况……"黄大发终于说话了，说话的时候他的头仍然低着，眼睛盯着那噼噼啪啪溅火星的炉子口，身子一动不动。

"白天你们在山上也走了一大圈，也看到了我们这一片山，峰连着峰，没个尽头……如果不是当村支书，不是为了开凿这条水渠，我可能这辈子都走不出草王坝，也就不知道遵义县城到底是啥样。"黄大发说着，长叹几声。又说，"山里人苦啊！毛主席、共产党确实让我们翻身做了主人，没有人再压迫、剥削我们了。可我们这儿因为缺水，百姓永远还是穷啊！一年到头，就在山地种些玉米、豆子啥的。老天下雨，收成好些；老天不睁眼，我们就只能连玉米芯也一起磨着吃……"

"你说的没错，大学生，现在都啥年份了！我们让六七岁的孩子攀亲，甚至更小的孩子，有的还在娘肚子里，就赶紧指腹为婚了。为啥？怕呀！怕女孩子稍稍大一点儿就嫁到山外去了……"黄大发又一阵长叹。

"我是村支书，我实在不忍心看着村上的青壮年男人一茬茬排着队当光棍，白天夜里号着说要女人……你们没有见过几十个光棍在一个村子过日子是啥光景，不知道那到底是悲还是惨啊……"黄大发说着说着，眼泪都流了出来。

他的话让黄著文和另外两名水利干部也忍不住抹起眼泪。是啊，他们也是男人，知道年轻力壮的男人没有女人的滋味和闹心。"在草王坝这样的村子里，光棍简直多得你想象不到。有的一家三代人除了一个老太太外，全家五个男人都是光棍。"黄大发说。

黄著文觉得有些不可思议。黄大发说就是这个样，还不是一户两户。有户人家老太太生了两个儿子，只有一个儿子讨上了媳妇。那媳妇又连生了三个儿子，孙子们都找不到对象，儿媳妇又生病死了，不就全家除了一个七八十岁的老太太外，只剩下五个光棍嘛！

过去大山沟沟里封闭，女孩子不远嫁，村上的光棍还少些，近亲就近亲吧，总比光棍绝后的好吧！现在新社会了，女孩子知道外面的事也慢慢多起来，她们想飞到山外吃白米饭，他能不让她们离开滴水贵如油的草王坝？没理由呀！换作是自家的女孩，他也希望她远走高飞，走出这穷地方、苦山沟呀！黄大发说。

"可这样下去不是个办法！眼看着男孩一个个跟着当光棍总不是事吧！所以家长们着急呀，还没等长大，就赶紧跟某家生的女娃订婚，一订婚就算凤凰飞不走了，村上少了一个光棍……这风气就这么慢慢形成了，开始是十来岁订婚，后来七八岁、五六岁的也订婚了，现在都有刚刚生下来就'嫁'出去的！你说这种情况，我当党支部书记的是支持还是反对？难哪！唉，能怨谁吗？毕竟是我们祖上在这里安的家，既然是家，我们就得守着。你们说是不是？"

"我是党员、村支书，总得干点儿事吧！所以我就想着一件村上最大的事，一件百姓梦里最想要做的事，就是讨媳妇。咋能讨到媳妇？有大白米饭吃就能找到媳妇呗！我们草王坝就有这样一句话：要想讨媳妇，就要准备大白米！可大白米得有水稻田，有水稻田，就得有水呀！所以说，我从当村干部那一天起，就一心想着给村上开出一条引水渠来，把别人那边的好水，通过水渠引灌到我们草王坝，灌到我们的地里……"

黄著文彻底听明白了，也完完全全明白了黄大发为啥花那么大的代价在山上开凿了一条 20 多里长的山渠。

可黄书记啊——这回黄著文非常尊敬地叫了黄大发一声"黄书记"，然后说，"现在你挖的这个渠通不了水，是因为你们技术上有问题啊！"

"问题大不大？"黄大发最想知道的事就是这个。否则他死不瞑目，乡亲们也不饶他——不说"战天斗地"流了多少汗，光说你把我们那么一点点薄得像塑料纸似的家底全都花光了，结果连水滴的影子都没见到，你黄大发犯了啥神经？你就是从天上也得把水给我们引到村里来。啥时候把水引来了，你黄大发和全家人就可以到阎王爷那里报到了！村上就有人这么恨黄大发，恨得牙齿咬得咯咯脆响。

这些黄大发是认的。谁让我说话没管用，不实事求是，不像个共产党干部嘛！

"你得给我说实话，说得细一些，说我能听得懂的。比如你说的技术问题，到底该引进啥样的技术，还是其他啥问题？"黄大发逮住黄著文不放，甚至拉着他的裤腿，不让他躺下睡觉。"你是大学生，是专门学水利工程的大学生。我们当年凿这条渠的时候，就靠几个村上的小学生，连个初中生都没有，自个儿拿着几根竹竿比画着对个准儿，就这么着一段一段地从螺丝河往草王坝这边挖凿，结果两头的渠道对不上脉，没通水……大伙儿怨我，恨不得把我吃了，可吃了我也没有用，水还是到不了我们村里。大伙儿没有打死我，就是看我是真心想把螺丝河的水引到草王坝来。可我是大老爷们、村支书，说话不算数还是个汉子吗？还是个共产党员吗？我得把这辈子赔给乡亲们呀！就是把老命搭上，把黄家三代人的命都搭上，也得把亏欠乡亲们的情赔上啊！"

那一夜，黄大发几乎是声泪俱下地跟黄著文和另外两位水利干部诉说自己心中的情与愿。

"无论如何你得帮我把问题根源找出来，如果我以前干的真的全错了，这条水渠根本没救了，那我明天就到山崖上磕死算了。如果有救，你得帮我一把。我们山里人除了命一条外，穷得啥都没有，你都看到了，我这家像个家吗？我这在村里还不是最差的，这哪像个人过的日子嘛！我做村支书也十几年了，没有给百姓带来一星半点儿幸福的日子，我愧啊！最愧的是我害乡亲们跟我苦苦干了十来年，挖了一条干渠，一条半途而废的石渠……我不甘心啊！"

黄大发捶胸顿足的一番滔滔诉说之后，将头重重地放在双膝之间，埋得深深的，久久不起……

"黄书记，你听我说一句。"年轻的大学毕业生黄著文，第一次见一位长者如此毫不掩饰地向他袒露心声，十分感动，安慰道，"其实这事并不能怪你，一是你们不懂技术，二是又没有相关资源，三是缺少基本的防渗材料，比如说水泥。你们那个石渠，光靠石头做渠壁、渠道，即使有水通过来，缺了像水泥这样的起补漏黏合作用的防渗材料，再大的水流就算只有几十里远，照样流不到你们草王坝。"

"是是是，我蠢啊！咱不知道这世上还有像水泥这么好的东西能防漏啥的！可当时就是知道了，我们也没有钱去买呀……"黄大发沉默、痛苦地直摇头。

他们也是眼看着清清的水，开始都是顺着渠道走的，走着走着，就越来越少了，最后就像撒尿似的那么一点儿。他们就赶紧用黄泥巴抹渠面，但就是抹一百次，水还是跑到石头里去了，像山里的猴子，转眼就全无踪影……黄大发把头都摇得快要从脖子上掉下来了。

"这个土壤叫沙壤土，渗水严重。你用黄泥巴防渗自然行不通嘛！渠里有水黄泥巴还起些作用，可一干后，黄泥巴全张着嘴裂开了，再大的水它也会流走的……"黄著文把大学里学的课本上的知识，尽可能地用黄大发听得懂的话跟他说。

"最严重的是你这个水渠位置太高了，水量又小，自推力不够，即使头尾的水平线准确无误，也流不到 20 多里外的草王坝呀！"黄著文看黄大发为了给村上引水，弄得本来就穷得叮当响的草王坝村民耗尽人力物力，又将自己置于极其狼狈的境地，很是同情，所以不能不说实话。

"唉，都怪我们山里人没文化，笨干！如今落下这么个废沟沟……"黄大发又是一阵长吁短叹。最后，他抬起一双乞求的眼，冲黄著文说，"小黄同志，你年轻，刚参加工作，又懂专业，关键又在县上水利局工作，你得想办法帮帮我、帮帮我们草王坝！你都看到了，我们这山区人穷得不能再穷了，不能再穷下去了！我黄大发虽然过去因为不懂技术、没有文化，蛮干干错了事，但我不甘心，不甘心我们村上永远没有水喝、没有白米饭吃。我早想清楚了，只要不死，只要还有一口气，我就要想法把螺丝河的水引到咱草王坝来。你小黄、你们都得支持我啊！"

这一夜，草王坝的村支书家的炉火一直亮着。黄大发一遍又一遍地跟黄著文唠叨着、恳求着，恨不得给三位县里来的水利技术干部下跪，就差没磕头烧香。

"要是下跪能解决水渠通水的问题，黄大发肯定会跪，跪一百次他都愿意。"现在的黄著文对我说。他在我面前回忆道，"当时我24岁，第一次见黄大发，他就给我留下这么深刻的印象。那一次同我一起去的两位同事，现在都已经不在人世了。而我从1976年第一次到黄大发那个村之后一直到1990年，这期间再没有去过那里一次。不是别的原因，一个原因是确实那里太偏僻，就是同一个县，你都很难到得了。那时山区公路又不通，别说到村，就是到乡一级的所在地也非常不容易。黄大发那个地方是全县最偏僻的山旮旯儿，鬼都不愿去。当然还有个主要原因，就是见了他这样的人我有点儿怕，怕他那么执着，在一无条件、二不具备能力、三没有经费保证的情况下，硬要做那么大一个水利工程项目！我怕，主要是怕因为我的支持而再次害了已经吃尽苦头的黄大发和草王坝的百姓。"

"我现在还记得很清楚，我们走了一天都很累，又口渴，当时一到他家，他家里人就端来一碗水让我们喝。我一看，这哪是水嘛！这是泥浆呀！就问黄大发，你这水从哪儿来的？他说坑里提来的。"

"啥坑嘛！一说你就想吐。"黄著文说，"那是在晒谷场地边挖的一个桌面那么大的泥坑，或者在田头挖个坑，等下雨后，就让雨水积在坑里面，平时人和畜都喝这水，而且这样的水还不是用一次就行的。黄大发告诉我，他们平时做饭用的也是这坑里的水。洗菜、洗碗用完后的水再洗脸用,男孩和男人一般抹一把脸就算完事了,女孩和女人会用洗菜、洗碗或洗衣服用完后的水擦擦身子,几天不洗一回脚、不洗一回脸,这在草王坝的男人中不算丢人的事。真的脏得不行了,就跑到几里外的地方在水沟里扑腾一下,算是'彻底'舒畅了。"

"当时捧起黄大发端过来的水,再听他这么一说,我就直恶心。不用说吃他家里的饭了——尽是些玉米渣渣,嚼不动,咽不下,那渣渣堵在嗓子眼儿……我一点儿也不夸张,现在想起来那顿饭,我还想呕吐!"黄著文已66岁了,不会夸张得没边儿。

那个地方当时就那样,又穷又没水,还在大山沟沟里,没去过的人是想象不出他们的生存状态的。黄著文一再表示自己的话丝毫不存在夸张。"前些年,我们贵州有些山区比黄大发那儿还要穷苦。"黄著文补充道。

1990年那个腊月的夜晚,见到黄著文后的第二天,黄大发比黄著文先到了水利局。

黄著文上班后,立即带黄大发见了局长和另一位副局长。在水利局关键领导面前,黄大发把村上的水渠情况做了详细的汇报,黄著文也在一旁推波助澜,两人配合默契。

"咱们这儿的山区缺水不是你一个草王坝村,主要是喀斯特地貌形成的这种地质条件和山区特点造成的。"水利局"一把手"——局长这么说,然后看了一眼黄大发,又用目光扫了一下自己的两位助手,说,"他这个项目不支持一下也有点儿说不过去,可真要动起来的话,恐怕全县所有的水利经费都投入他那儿去了还不一定够。这是个事啊……著文,你去过,有没有估算一下整个水渠做下来需要多少经费?"

"没细算,大致算了一下……嗯,大约得30万元。"黄著文说。

"是啊,30万元的话,就是把我们局里一年全部的项目经费都投进去也不够。"局长皱起眉头说。

黄大发一看屋子里气氛不对劲，赶紧站到局长面前说，"求局长降菩萨心了！我们草王坝跟其他地方的情况不一样啊！大伙儿盼水盼到把命都押在这条渠上面了，领导肯定还会有其他办法帮助我们的呀！"说完，黄大发又用目光扫扫黄著文，意思是，"小黄你得帮忙说话呀！"

黄著文有些尴尬和为难，于是只得干咳了一声，说，"草王坝的事情确实特殊了一点儿。"他的话算是一个态度，就剩下另外一位副局长表态了。黄大发又赶紧给这位副局长鞠躬，嘴里还连声说着"领导啊，我代表全体草王坝的父老乡亲求你了"之类的话！

"我看这么着吧。"最后这位副局长建议道，"先搞个测量，看实际情况有多少工程量，下一步咱们再来定怎么处理。"

"就按这个意见办吧，回头再根据情况研究决定。"局长一锤定音。

"谢谢！谢谢各位领导！"黄大发又朝三位局长每人鞠了一躬。再看看他，好一个老泪纵横。

"有救了！我们草王坝的水渠有救了！"这一天，黄大发不知说了多少回这句话，也不知道一个人悄悄抹了多少回眼泪。

"早点儿，早点儿派人！我在草王坝等着你们啊！"离开县城时，黄大发一次又一次握着黄著文的手说。

第二章

第二章

不信命的"石头娃"

黄大发的心其实比山崖上的石头都硬,平时很难有啥事能让他眼眶发热。但为了让乡亲们喝上水,为了全村男男女女、老老少少能吃上白米饭,他独自偷偷地不知流过多少泪。但在众人面前,尤其是在乡亲们面前,他绝对不会轻易抹泪,绝对不!

他就那么犟,认准一件事,就是三头牛也拉不回他。但乡亲们告诉我,老支书的心肠有时软得比棉絮还柔,见不得村上人受苦挨饿。

我们信他,就是他从来不害人,除了那个渠……有位老乡说,然而他赶紧改口道,后来渠里也通了水嘛,所以说他从来没害过人。我们信他,就像信山神。

"信他,就像信山神。"老乡的话让我的内心产生一阵不小的震荡:黄大发真的让人那么佩服?现今当干部能做到人人听你、人人服你,可不是件容易的事,就是神,也未必能做到。

他做到了,所以百姓服他,称他为神。平正乡的干部告诉我。

遵义市播州区平正乡,它的全名叫遵义市播州区平正仡佬族乡,是播州区最偏远、也是最穷的一个少数民族乡,中国第一个仡佬族乡就是此乡。

高山苗、水汉家,
仡佬住的石喀喀。

从这首民谣的字面上，就可以知道仡佬族人的生活环境有多恶劣。黄大发所在的草王坝又是平正仡佬族乡最偏远、最穷的村。

旧时的草王坝到底有多穷，穷到啥份儿上，在黄大发的印象中，叫他记忆最深刻的是没有水喝。那年他也就四五岁模样，大热天，他渴得小嗓子在冒烟，于是跑到一口跟他一样高的水缸边，等着母亲从缸底舀了半碗浑黄的水。母亲一边舀水，一边嘴里叮咛着，喝两口没喝完就倒回缸里，不要浪费了。四五岁的他才喝了两口，手一晃，剩下的小半碗水不慎洒在了地上。

"你个小败家子！不是让你拿稳、拿稳，你就撒手啦！"母亲重重的一巴掌打在了儿子的脸上——小嫩脸颊上留下一个清晰的印痕。

"这一巴掌我记了一辈子，也知道了水对草王坝的人来说，金贵到啥份上！"黄大发说。

因为水太少，所以村上乡里乡亲的，如果哪家人富有一点儿，藏点儿食粮可以，但不能私藏水。如果遇上大旱年，邻居家断了水，谁家还有水，就得拿出来一起享用。违者要受到族人的惩罚，比如把违者绑在大山石上一天甚至两天滴水不进。

还有一个传统：你不能嫌别人家的水脏，你得喝，得当作蜜糖那样喝。在草王坝，凡是水，都是金贵的，就是小孩、牲畜拉了屎尿在水坑里，你也不能随便把坑水浪费了。从黄大发嘴里说出的在他们草王坝有关"水"的故事，可以另写一本书。那些故事都是辛酸的、悲惨的，常人无法想象的。

小孩子更可怜，他们一渴了就找水，于是跌跌撞撞一不留神就掉进了水坑内，大人早发现能捡回一条命，晚一点儿，孩子就鼓着小肚子夭折了。村里发生过这样的事，而且不止一两起。村里人告诉他，他们都喜欢老天下大雨，一下大雨全村人都像天上掉馅饼一样开心，除了把水坑挖更大一点儿外，还会把家里所有能盛水的家什全部拿出来。缸满了盛盆，盆满了盛碗，碗满了灌瓶，瓶满了灌嘴，嘴饱了，脱下衣服甚至抱出棉被，放在雨中，让雨水浸透，然后放起来……等不下雨了，坑里的、缸里的、盆里的、碗里的先不用，先用那些浸透的棉衣和棉被里的水。

衣服和棉被存的水用不了一两天，但对缺水、稀罕水的山里人来说，尤其是对那些孩子来说，能用嘴巴咬着一块湿润润的棉被、衣服，就好像城里的孩子在夏日街头吃上一根冰棍一样过瘾。

山里人可怜啊！村上的一位老人告诉我，爱干净的女人们，一见下大雨就往山里钻，然后进到林子里把衣衫一脱，光溜溜的身子享受着雨水的洗涤……曾经有个女人就因为到山里淋雨，不小心摔了下来，光光的身子被石头和竹尖、树桩刮削得皮开肉绽，收尸的时候惨不忍睹！

缺水的大山里，有多少这样的悲惨故事？黄大发心里装的要比这些多得多，并且还有比这更惨的事。他自己就是其中的一个受害者。

他生下来后，跟着父母就没有家。因为穷又没地，坡上垦几块桌面大的山地，种上几棵苞谷，天不下雨苗就枯。即便天下雨，地里也存不了三两天水分……黄大发家的日子就跟坡上的苞谷秆一样，没个根。在他记忆中，小时候他都是跟着父母东一宿、西一夜，在别人家的屋檐下或山崖边度过的。黄大发9岁时，母亲伸着一双枯干的手去世了；13岁时，父亲咧着一张干渴的嘴，又离他而去。没有了爹娘的黄大发，更是只能每天滚草窝、睡苞谷壳、吃百家饭。一直到新中国成立前的那几年，黄大发受尽了人间一切苦难，也饱尝了没有水的非人经历。他说他除粪坑里的水没有喝过外，啥"牛脚窝水"、畜生坑和污水坑里的水，他全喝过。

只要不渴死，啥脏不脏的！没水喝的那种难受，就像身子里的五脏六腑都在被火烤着一样……他说。

　　山高石头多，
　　出门就爬坡。
　　顿顿都吃苞谷沙，
　　过年才有米汤喝哟……

仡佬族人爱唱这首歌（黄大发一家是汉族）。小时候他常听母亲唱这首歌，可他就不爱听这样的悲情诉说，于是他自编自唱了这样一首歌：

　　山高石多我不怕，

　　路窄坡陡更平常。

　　梦里想着好日子，

　　一日三顿白米饭……

然而，孤苦伶仃的黄大发想不通一件事：父母给了自己一个特别吉利的名字，可自己为啥就没有过过一天好日子、吃过一顿好饭呢？这个草王坝也跟他黄大发一样，徒有其名，穷得叮当响。除了四周望不到边的山，就是山上那些突兀的石头。石头也怪，粗又糙，硬又砺，石缝里长出的藤蔓也都是刺人的。一户户人家则像一个个的小蜂窝贴在石壁上。各家各户，在宅前屋后的几块巴掌大的田里，除种苞谷外，就种不出其他啥了。大人们的皮肤都黑黝黝的，男人的裤腿永远卷到膝盖上，女人的奶子里总流不出奶水……相互之间听不到一两句话，就是一家人也极少有交流，所有人的眼睛里没有精气神。唯独在一个陌生人闯入大山时，村里人的眼神才会陡然变得光亮起来，甚至有些像石头里溅出的火星一般锃亮。其实那种光亮也挺吓人的，没有温存，没有表情，只有一种警觉与好奇。爱问、爱说的黄大发就把自己的看法和想法跟村上的一位长者说了，不料挨了一顿不轻不重的斥骂："砍脑壳的小鬼头子，你不是山里人？你啥时听山在天天说话？山不说话就不是山了？山不说话就不知道天下的事了？去，要说话，就跟山说去吧！听听山会跟你说些啥！"

黄大发挨了一顿斥骂后，便坐在一块大石头上，面对四面群山，瞪着一对大眼睛，默默地看着那些与天连接的山峰与山崖，他把自己脑子里的疑惑一个个地倾吐出来，然后等待大山回答……他等了好久好久，大山还是沉默不语，它依然一动不动地站在原地，仿佛对他的话不感兴趣，又好像觉得他不该问这样的问题。然而黄大发又似乎清晰地听到大山这样默默地告诉他，在山里，不说话就是无语，开口的才不是真正的山里人，山里人就应该永远像大山那样默默无语、静观天下。能静观天下者才是最有本事的山里人，才是大山里的神……

噢，山里人就应该像大山一样，沉默不语，一旦言语，惊天动地，山崩地裂！

最有本事的山里人，就是大山里的神！黄大发似乎突然顿悟了做一个山里人的哲思与道理。他甚至想：父母给他取这样的名字是不是就意味着自己应该做个"最有本事的人"。

14岁那年，遵义城解放，毛主席的头像也开始被贴到大山的家家户户。那时黄大发听大人们都在说，共产党来了，要过好日子了！

于是，他天天盼着好日子，盼着能吃上大白米饭。他甚至经常独自坐在村边的一块大石头上默默地与大山对话，而且他发现，大山也变得开朗和温情了许多，也愿意与他说话，并且总在告诉他要过好日子就得做个不惜力、不惜命的勤快人，这样的人才是新社会的草王坝人。

"我的命都是众乡亲给的，我一定不惜力、不惜命地为集体、为大伙儿做事。"黄大发似乎有了人生的第一个方向。那时的他，年轻，有朝气，爱新鲜事物，村里有什么事他都参加，别人有顾忌不爱出头露脸的事，黄大发都抢着干。大冬天，雪花飘扬，村里要求青壮年男人轮流站岗放哨，黄大发赤着脚，抢在别人前面，说，"反正我没家，我来值班！"忆苦思甜斗地主，山里人不太会说话，区里派任务下来，干部很发愁，黄大发拍拍小胸脯说："我来。"他根本不用别人提醒、帮忙，一讲起"万恶的旧社会"，身为孤儿的他声泪俱下，感动并促发了无数人的阶级觉悟。

"石头娃"——村里上了年岁的人这样叫他。他们说这个孩子出身苦，个头不高，但人实在，脑子灵光，做事咚咚有回声，是大山人的性格，将来一定能成大器。这个言他好，那个夸他灵，于是在1952年，刚满16岁的他，就被村里的伯伯、姨婶们从外乡牵线搭桥给说上了一门亲事。入洞房时，黄大发才第一次与同是孤儿的张氏姑娘照面。

自己也有女人了，也有家了！黄大发感恩乡亲们给予他的这份深情厚谊。搂住新娘子的那一刻，他黄大发就发誓要好好待自己的女人，好好答谢村里人。

新婚那一夜，黄大发也发现：自己瘦小，可新娘子的身子骨比自己更瘦小、虚弱……都是穷人家的苦孩子，都是娘肚子里生下来没过过一天好日子的孤儿。黄大发对新婚妻子说，只要有我在，一定要让你过上好日子！还要让全村人也能过上好日子！

喜事过后的黄大发更加精神爽、腿脚快，每天忙碌和奔波在各种会议与活动中，而且他渐渐发现，自己变得越来越能说会道，嗓门也变得越来越大了。黄大发以为这就是他的"新生活""好日子"。可是很快他就醒悟过来：所有这一切，并没有改变山里人的饥寒与贫穷，尤其是他自己的家——妻子十月怀胎，本来是大喜事，可在临产时，由于妻子身体太虚弱，一口气没有缓过来，硬拖了一段时间后，还是甩手走了……黄大发悲痛万分，第一次感受到家对一个男人的意义，也第一次明白一个男人该如何支撑起一个家庭。

要过好日子。有好日子才能留住女人，养好孩子。那一天，黄大发抱着自己幼小的儿子，看着他那双被炉火烧焦的小手，哭得昏天黑地——没有了娘的小娃儿，因为天冷，看到炉火那边暖和，就自己摇摇晃晃地往火堆那边跑，结果一跤摔下去，一双小手扑在了熊熊燃烧的火堆里。从小家伙哇哇大哭，到有人跑来救起他，中间仅仅一二十秒的时间，一双小手就被烧烂致残。

没有比接二连三的妻亡儿残更让黄大发痛苦与悲伤的事了。严酷的现实让黄大发更加明白一个道理：如果不迅速改变草王坝贫穷落后的面貌，像他家这样的悲剧今后依然会在村里不断重演。

从此以后，黄大发就像头拼了命的犁田牛崽，集体的活儿他总是抢着干，只要对村里生产有用的事他都走在前头。村里需要这样的好带头人！ 1958年，

23岁的黄大发被领导看中,更主要的是村里人相信他,于是他被推举担任草王坝生产大队大队长。

第二年底,黄大发被吸收为中国共产党党员。

> 我志愿加入中国共产党,拥护党的纲领,遵守党的章程,履行党员义务,执行党的决定,严守党的纪律,保守党的秘密,对党忠诚,积极工作,为共产主义奋斗终身……

草王坝的一个苦孩子,石头大的字不认识一个,但黄大发从入党那天起,他对党旗下宣誓的每一个字、每一句话,都记得一清二楚。在我采访时,82岁的老人家依然能把誓词倒背如流。

"我没有条件念书,当村干部后就遇上了问题,比如你要开会点名,记谁来了没有,生产队里有许多账要跟各家各户、每个人头兑现,我不认字就变成糊涂账了,所以我逼着自己认点字。怎么认呢?有一天我看到一户村民家有半本《三字经》,虽然我没进过学校门,但从小听大人口中朗朗念着《三字经》。我就拿着这本残缺的《三字经》练认字,把全村每家每户的人头姓名一个字一个字地记下来,这一记就是两千来字了,这样慢慢地我也能记个账、读段报纸了……"黄大发的认字法很独特,也十分实用。现在他基本上可以把写他的文章念出来。

这,也不能不说是个传奇。

当了村干部的他,将更多的心思用在如何让村民们过上好日子上。然而,虽然天变了,但草王坝的山还是那些山,石头也没有挪窝,百姓依然吃不上白米饭,就是苞谷汤也不是家家户户顿顿吃得上的。黄大发当大队长的时候,正逢三年困难时期,草王坝上的野花被饿得像野狼似的外乡人挖光了,善良的村民们没有制止外乡人的野蛮行为……那一天从遵义开会回来,一进村头,黄大发看到好几位村民躺在地上、卧在路边奄奄一息,连向他伸手、说话的力气都没了。黄大发急了，不能让村里的人这么一个个死了呀！怎么办？怎么办？不死人就得有东西给大伙儿吃呀！

天灾人祸，何处再有食可觅？不用说锅里的和碗里的早已空了，就是地里的、山上的、天上飞的，全都一空，哪里还有什么可吃的？最让黄大发不忍的是，他竟然看到一个小娃娃，饿得趴在地上用两只小手到处抓土往嘴里塞……

得赶紧想法子呀，不然全村人非死光不可！身为大队长的黄大发急得直跺脚。怎么办？还有啥可吃的嘛？就在这时，牛棚里传来一阵哞哞的叫声……对啊！不是还有牲口嘛！

黄大发一激动连眼泪都快蹦出来了，只见他飞跑到牛棚，然后一边抚摸着牛的脸颊，一边赎罪似的跟两头牛说话："对不住了老伙计，非常时期，我杀你们救乡亲，等来世我给你们做牛做马，你们牵着我去犁地耕田……"

"你这是犯法！集体的东西，尤其是耕牛，你杀了它就是破坏集体财产，该当何罪你知道不？你想坐牢？"一听说黄大发要屠杀集体的耕牛，许多人站出来反对，甚至有人给他扣了一顶顶"铁帽子"。那个时候，谁有胆量破坏集体财产，尤其是屠杀耕牛，就等于是"破坏生产""损害集体财产"，这样的罪名成立，就会坐牢或者被打成"现行反革命分子"。

"你黄大发疯了？"

"我没疯！真要是全村人都饿死了，我才真的要疯！黄大发的犟脾气上来了，只要能保住村里的人不再死掉，要我去坐牢我就去吧！"

他真把两头耕牛杀了，把牛肉分给了全村人。草王坝因此再没死一个人。黄大发真心救百姓的事感动了上级领导，所以上级并没有追究他杀牛的责任。"文化大革命"的时候，有人曾经拿当年的这件事给黄大发戴"高帽子"，企图说他是"破坏集体"的罪人，于是问他当年杀牛自己得了多少牛肉。黄大发说："我一两肉都没留。"造反派不信，问村里人。村里人证明：他黄大发从不吃牛肉。这事就不了了之了。

采访时我问黄大发，"你真的不吃牛肉？"他说，"就是不吃，从来不吃。一见牛肉就恶心反胃，条件反射，有些害怕。我会想起那两头牛临死时朝我掉眼泪的情形……"

听了他的话后，我信了。

其实，草王坝没有再死人，并非仅靠两头牛。村民们清楚，后来在他们最饿的时候，黄大发总会悄悄地送上一些"种子"来，而这些"种子"是生产大队为来年种地留下的，那个时候"种子"也是集体的神圣财产，谁都不能轻易动它。黄大发说"种子"由他一个人管着，锁由他掌着，看哪家的人快饿得不行时，他便悄悄送上几把"种子"去。草王坝当年就是这么度过三年最苦的时期的。

百姓啥时候最感恩共产党？第一回是打倒地主，分了土地翻身时；第二回是遇到这样的天灾时，有人给他们吃的，让他们活了下来。黄大发做了后一件事，所以草王坝的百姓认为：黄大发这人心里装着咱百姓，善！好人！这么传来传去，黄大发在村上的威信自然越来越高，人缘也好。这期间，村上有位姑娘的芳心在悄悄萌动……她就是徐开美，跟了黄大发半个世纪的老伴儿。

采访徐开美老人的日子是2017年8月8日。有一个问题我在事先就想问徐开美老人，虽然面对这样的老人问这样的问题似乎有些不敬，但我还是特别想弄清楚。黄大发的第一任妻子因病去世后，身边带了一个手残的男娃，同村的徐开美对此自然十分清楚，加上黄大发家里又穷得叮当响，她徐开美一个大姑娘，不是嫁不出去，何苦要嫁给二婚而且还有个残疾儿子的黄大发呢？

只要父母同意就行。这是我问徐开美老人时她的回答。听命于父母是山里女娃的品质，也是大山里的风俗。

后来我了解到，徐开美当时有两个弟弟，还有两个妹妹，她是老大。她说在她15岁时，母亲去世了。19岁那年她嫁给了黄大发。

"你看中他啥了？"我打趣地问老人。

她笑笑，说，他干活踏实，手勤快。不管做啥事都实诚、不虚华，还有肯做家务。山里的女人看中男人最重要的应该就是这些。

"他在山上干完农活后，回家就做家务。他性格好，我嫁到黄家几十年，他从没有跟我吵过架。我也都支持他，外面的事情啥都听他的。"她说。

"当时他家穷，你就这么嫁他了？"我的意思是，她19岁的黄花姑娘，嫁给一个同村的二婚加拖着一个残儿的黄大发，那么心甘情愿？

"我坐轿子去的。这个我要坐。"老人有些不好意思地说道。

"嘿，真坐轿子了？"

"是。"

"8人抬的？"

"4个人抬的。敲锣打鼓，吹吹闹闹，在村上走了一大圈……"

"哈哈哈，有面子！有面子！"我忍不住大笑起来。老人也开心地抿着嘴乐，意思是这么体面的场面，算是跟二婚的黄大发扯平了。

但有一点黄大发仍然感觉欠了徐开美的，入的洞房不是他黄大发家的，是借的别人家的房子。不过，新婚几个月后，黄大发买到了一处房子。

一个同姓黄氏的男人去世，女的远嫁到外乡，那处房子再没有人住，黄大发就打算把它买下来。人家并没有多要钱，说就108元吧。"图个吉祥数，我这辈子没有过一天好日子，108这个数你就别再跟我打折了。"那女人说。黄大发只说了一个字，值。可他掏尽家底，只拿得出20元。黄大发觉得十分尴尬，一脸愁云。

"啥事？"新婚妻子徐开美问她。

"没事。"黄大发不愿说，这是没面子的事。他觉得把徐开美娶过来，已经亏欠她了，现在想买个房子，却又没有钱。

"你就别装了，一家人了，还死要面子活受罪。拿去，88块，给人家吧！"徐开美从口袋里掏出一沓钱，塞给自己的男人。

"这——这哪来的钱？"

"是我爹给的，咋啦？"徐开美说。

"不是，我……"黄大发觉得自己无地自容，大男人一个，讨个便宜买个房子，竟然还要让老丈人垫钱。

徐开美偷笑，"你啊，算一辈子欠我的吧！"

黄大发把钱给了人家。但作为大队长，他其实挽留过那位亡夫的女人，希望她留在草王坝，可人家说，"你是大队长，我嫁到你们草王坝后，连口干净水都没有喝过。我还算年轻，我这一辈子富日子没想过，但能喝上口干净水还是要的，所以你就别劝我了。"

黄大发无言以对。

那天，他看着女人离开草王坝、走出大山的那一刻，心头十分忧伤和悲切，心想：啥时候我能让草王坝的女人留下，让村上的人喝上干净水呢？

他把这压在心头的悲切与忧伤化成一声怒吼，但大山没有回应他。

大山默然站立在他的四周，仿佛在静观这位年轻的共产党人说的和想的是不是一致。

"那好吧，看我黄大发说话到底算不算数，能不能干点儿人样的事！"面对大山，黄大发再次立下誓言。

他真有一股干劲，一股为集体、为村民、为草王坝争荣誉的冲天干劲：当大队长主要是抓生产，抓生产在当时就是为国家完成缴公粮的任务。那个时候农民和农村的任务就是为国家缴足和超额上缴公粮。谁缴公粮多，谁就是觉悟高、思想好，生产大队或干部就要受表扬。获得的奖品可能是一面小红旗、一块肥皂或一个水壶，当然也可能是几个脸盆，等等。反正即使是这样的荣誉，对社员和干部来说，也是莫大的荣耀。

黄大发带头下的草王坝，虽然村民自己勒紧裤腰带肚子天天咕咕叫，但在缴公粮问题上一点儿不含糊。"我们缴了6万斤苞谷米，所以说我表现好，便发展我入了党。"黄大发说。

大灾之年又是丰收，又没死人，黄大发的人气在草王坝节节攀升，尤其是1962年村里又大获丰收。当时的公社和区政府推荐黄大发到遵义地区参加庆功会。戴着大红花回来的黄大发意气风发，从来没有人关注的草王坝人第一次受到山外遵义城里的"大干部"表扬，村里人对黄大发甚至有些崇拜了。这个时候，家家户户的棚梁上、屋檐下，也都挂满了苞谷，跟着干部干的热情前所未有地高涨。黄大发就在这个时候当上了村支书。

"一把手"的权力和主张是具有绝对性的。草王坝的群众无论在开会时，还是私下里，都这么对黄大发说："只要你指哪儿，我们就跟着冲到哪儿。你黄大发说我们活，我们就迈开腿；你说我们该死，我们就闭上眼，绝不后悔！"

"那好。既然大家这么信任我，我也不能含糊。我把心肝掏出来放在这石板上，若这心肝有一点儿不是想着为村里、为大伙儿谋福的事，你们就把我这心肝敲烂了；若我这心肝有点儿偏了谁、亏待了谁，你们就把偏的那一块给我割了！我把话搁在这石头上，就是希望大伙儿一起把草王坝最大的事办成！"黄大发用手掌在石头上连拍了十来下，说。

"啥事，大发你说！"

"对，快说出来，我们吃饱肚子后有劲没处使呢！"村民们个个摩拳擦掌，听黄大发发话。

"我想让大伙儿吃上白米饭！让草王坝的孩子和老人们吃上白米饭！从此以后不再让外乡人嘲笑我们吃不上白米饭！"黄大发号着嗓门，连吼了三声。

那声音在大山里久久回荡，草王坝的老村民现在回忆起来，仍然十分激动，说，"他黄大发的话，让我们许多人当场流泪了！外人不知道，咱草王坝祖祖辈辈吃不上白米饭，吃白米饭对我们草王坝的人来说，就等于吃山珍海味一样，我们梦里都想吃白米饭，可想了多少代人就是吃不上啊！黄大发说要让我们都能吃上白米饭，谁不激动？"

"可是大伙儿知道，要吃上白米饭，就得种稻子，是不是？"黄大发朝大山吼完后，回头又对村民们说，"种稻子就得有水。可我们这儿尽是干旱的大山，大山上不存水，就是下一场大雨，过不了几个时辰，这地就又跟石头似的硬了。咋办？草王坝要种稻，要吃上白米饭，就得把水引过来不是？"黄大发又开始吼了，这回是对着村民们吼。

村民们开始嘀咕起来，说"去哪儿引水呀？到距离两三里路的山底下去引水？那哪儿成嘛！俗话说，水往低处流。我们哪儿有本事将山底下的水引到半山腰上的草王坝嘛！"

有人就问黄大发，"支书，你说从哪儿能把水引来呀？难道从天上引来？哈哈……"这位村民的话立即引来全场一阵哄笑。

黄大发也笑了，只见他似乎早有准备似的告诉大家，"我们就是要从'天上'把水引过来！引到草王坝来！"

从天上引来水？这……这咋可能？又是一阵哄笑。

开美的男人今天没有喝酒吧？怎么净说醉鬼话嘛！连女人们都在嘲讽他了。

静一静，大伙听着！黄大发信心满满地用双手示意大家安静，然后指指身后的太阴山，说，"你们都知道，我们的前面是太阳山，后面是太阴山，太阴山再往后、再往后就有条每天水流得哗哗响的螺丝河是不是？那螺丝河的地势你们知道有多高吗？高出我们草王坝许多许多，等于在我们头顶的天上。你们说，我们把螺丝河的水引到咱们这儿，不就是从天上引水吗？你们说是不是？"

"哈哈哈，是！"

"那你们说我这个主意好不好？"

"好！"

"那你们愿意不愿意干这事？"

"愿意！"

"好！从今天起，我们草王坝就要干一件天王老子都没干过的事——凿渠引水，等着吃白米饭！"

"凿渠引水，吃白米饭！"

这一天，草王坝生产大队的打谷场上，群情振奋，口号四起，一阵阵地动山摇的回声在群峰之间此起彼伏。

山神仿佛为其起舞、动情。

"黄大发，你真以为自己是神，可以想一招就能办得成的吗？"说这话的是草王坝村上与他同岁但辈份高他一辈的老辈子（草王坝村称有威望的辈份高的人为"老辈子"）杨春发。

平时，村里只要老辈子出来说话，什么事就算是"定调子"了。这回黄大发要在山上开渠引水，杨春发一听，就提出了反对意见。他当众责问黄大发，"你知道螺丝河到咱草王坝多少里路吗？好，多少里路不去说。可你知道从那边到咱这里中间有几个鬼都过不来的险峭的山峰吗？"

"知道，老辈子，螺丝河到草王坝有十几公里远。中间有三个比较险的岩，一个叫大土湾岩，一个叫擦耳岩，还有一个是岩灰洞岩。它们一个比一个险峭……"

"知道就好，知道了就赶紧把话收回去，你刚当村党支部书记，还年轻，别丢人现眼。"杨春发朝黄大发挥挥手，意思是你该收场就赶紧收场。

可黄大发这回并不听老辈子的话，而且不硬不软地说道，"人定胜天嘛！"

"啥？人定胜天？"杨春发以为自己听错了话，见黄大发点点头，老辈子就更生气了，斥道，"你是成心在我面前傲啊？好你个黄大发，我还明白直言地告诉你小子，你要是真把水渠修成了，我在手掌心上煎鱼给你吃！"

"老辈子，我可不是与你斗气。咱草王坝村祖祖辈辈没有水喝，大伙儿受的苦、听的嘲讽和一件件被人瞧不起的事，你老比我还清楚。我们草王坝总不能永远抬不起头，让外人嘲笑我们，让村里人骂我们干部的不是！"

"如果大伙儿费力跟你干了一通，把老命、小命一起全交给了你，结果你的水渠没开通，还从山顶悬崖上掉下十个八个，阎王爷不找你？那个时候你咋办？啊，黄大发，你家是存了金条银条，还是间间房子里装满了粮食？你没有呀！你没有你就别出邪招，你要把大伙架到火上烤，我第一个不同意！"

杨春发是老辈子，才不怕你黄大发是村支书还是大队长，他越说越激动。最后他走到黄大发的跟前，用手指对着黄大发的鼻尖说，"你以为我是跟你对着干？笑话！我犯得着吗？你也不想想，大伙儿的肚子才饱了几天？以后你能打包票不让大家饿肚子？你那几十里的水渠要多少人干多少年？这你细算过没有？"

"还没有细算过。"黄大发实话实说。

杨春发更是气不打一处来，从鼻孔里哼了一声，一甩手，扭头就离开了会场。

刚才还是群情振奋、热血沸腾的打谷场，一下变得冷清了，村民们三三两两地边嘀咕边纷纷离黄大发而去。

好端端的一场"战前动员"被杨春发彻底搅了局。

夜深人静时，黄大发辗转难眠。他噌地从被窝里跳起来，披上衣服就往外跑。惨淡的月光下，黄大发举着一束火把，七拐八绕，来到村子另一头的小舅子徐开福家，也不管三七二十一，抡起拳头，就朝门上咚咚咚地一番敲击。

"我，黄大发！"

"你咋啦？有事？"

"有事！睡不着觉……"黄大发气呼呼地说着。

"那你等一下。"徐开福摸索着起床，然后开门。

"啥事让你半夜三更跑过来嘛？"

"我就想问问你，到底我提出的引水工程行不行？"黄大发满脸愁云地问小舅子。

徐开福一听这话，反问道，"你自己说呢。"

黄大发摇摇头，"我也不是太拿得准……"

"你自己都不太拿得准，"那就干脆缓两三年再说。

"不行！这事我不想拖，一拖又不知猴年马月！"黄大发的犟脾气又上来了，"你没听说河南正在搞一条红旗渠？几十万人哩！可热闹呢！那才像是建设社会主义该干的事！我们为啥就不能试试？"

徐开福无可奈何地叹道，"人家是国家、政府的大工程，要啥就给啥，你行吗？我们只有一双手、一颗心、几把钢钎，你咋凿那么长的渠？何况，眼前的三个险岩是过不去的。"

"那能不能绕过这三个险岩呢？"

徐开福思忖了一会儿，绕也不是一定不行，从螺丝河的上游——马家河那边取源可能还行。不过这得多出至少10里长的渠道来。

"小舅子呀，我们是山里的穷人，也只能这样才有可能把水引进村来。"黑夜时，黄大发再次下定决心。然后说，"你能不能跟我一起去看看马家河那边的水头？"

"行啊。要不明天就去？"

"行，明天就去！"

这样的事，黄大发也只能找自己的妻弟来协助完成。

这时正值夏季，烈日炎炎。黄大发与徐开福穿着草鞋，头戴草帽，踩着滚烫的石头，翻山越岭，沿着蜿蜒的螺丝河，逆流而上。这个地方名叫野彪，此处的奇峰奇谷，狂野而彪悍，与地名十分吻合。

水真好，源头也丰沛！黄大发站在马家河的清水里，好一阵兴奋。这里除了水源丰沛外，更重要的是海拔比草王坝高出一大截，十分有利于开渠引水。但不足的是，路途多出十几里，最要命的是通往草王坝的途中，有一座山峰挡道，唯一的办法就是打凿一条隧道，使渠道穿越而过。

"咱草王坝人为啥命就这么苦？"面对群峰奇峦，黄大发一屁股坐在地上，叹气道，"爹娘就给了咱一双肉手，开山劈道已经难死我们了，可偏偏还要在山身上抠个大洞出来！到底行不行啊，我的小舅子？"

徐开福先是摇头，后又点头，说，"你想解决这事，光靠我们俩不行，得发动群众！"

黄大发瞪大眼珠子，"发动谁？"

"当然是和我们年龄差不多的青年民兵嘛！"徐开福继续点明道，"你想想提出引水后谁最支持？自然是我们这些年轻人是不是？那就让我们一起来支持你的想法。要让我们支持和拥护你，就得让我们真正明白你的想法和意图，而且最好都能到水源实地及将来开山凿地沿途亲自走一走、亲眼看一看，等大家觉得你的想法和做法是可行的时,你再开社员大会,一准儿就没有人反对了。即使有像杨春发这样的老辈子说三道四,但社会主义建设的车轮依然滚滚向前……"

"哈哈哈,我的小舅子是诸葛亮!"黄大发喜出望外,从地上噌地跳起,拍拍屁股,说,"走!明天叫上他们一起来吹一吹野彪的山风。"

黄大发说的"他们",是草王坝的一群年轻人,他们都跟黄大发、徐开福年龄相近,是些想改变草王坝面貌的"激进分子",而且有的正是每天都在想讨媳妇的光棍哩!黄大发做事并非像杨春发老辈子说的那样"没头脑",他在说出从螺丝河引水进村的事之前,就跟一帮年龄相近的"村里年轻人"商量过,小伙子们一听就高兴,说这事值得干,否则白来世上走一趟,连女人的味道都没闻过,算啥男人嘛!

"那就得干成这件事!否则草王坝永远没有水,种不上稻田,吃不上白米饭,哪家闺女愿意嫁到这边来?你们听好了,我现在是你们的支书,我提议开山引水这件事,你们不仅要热烈响应,而且以后要带头上山干活!听清楚了没有?阻力再大,你们也得站出来支持我!"这帮小伙子从小就跟黄大发滚打在一起,没的说。黄大发抓住这些"基本力量",底气也就足了。

"行,你大发指到哪儿,咱们就冲到哪儿!大不了跟大山抱在一起睡!"小伙子们有冲劲,天不怕地不怕,只怕有劲没处使。

"兄弟们,那天杨春发等老辈子一起哄,把我的计划打乱了。不过没啥大不了的事,只要我们把开山引水的事讲出一二三的道理来,他们也就不好反对了。"吃过晚饭,黄大发把徐开伦、黄大明、王正明、徐国泰、夏时强、黄兵凯、徐开立、黄兵强和徐开福等"小兄弟"叫到生产大队队部,"密谋"了一通,并且分了工,之后准备去水源地及从螺丝河、马家河到草王坝沿途的山上进行实地测量勘探——那时黄大发他们还不懂啥叫勘探,用他们的土话说叫作"瞄瞄眼",也就是目测准备开渠引水的线路而已。

太好了!今晚行动还是明儿出发?年轻人心如猴急,听黄大发一说,立即热血沸腾起来,像见了野食的山鹰,恨不得顷刻出巢。

"急啥？还愁你们没有机会上山？"黄大发安抚大家的情绪，说，"以后有的是时候在山上折腾。现在，你们先回去睡觉，等待我的命令！"

要得！众年轻人相互做了个鬼脸，嘘了一声就全没了影子——这会儿黄大发采取了新的战术：秘密行动。否则一走漏风声，不知哪天又有一个"杨春发"出来横吼一声，啥好事都得凉了。

"秘密行动"持续了十几天的时间，村里的人竟然没有发现黄大发"开山引水"一事有啥新动向，以为这事就凉了呢！哪知突然有一天他又通知全体村民开"社员大会"，讨论的事还是"开山引水"。

还有没有人反对？会议进行得相当突然。会议也进行得相当顺利。毫无特别准备的老辈子杨春发等人提出的问题还都是上次提到的那些事，徐开福等人都一一做了圆满的回答。

大家看看还有啥问题？黄大发顺势把征求意见的嗓门提得高高的。

没有了！有人回应。更有人说，"支书你给我们找媳妇铺路抬轿，天大的好事，双手赞成！"

社员同志们，举手吧！有人热烈响应。

举手！举手！几十双手高高地举起，他们是草王坝的男社员，他们又代表了草王坝的全体村民。

黄大发乐了：竟然没有一个反对的，连杨春发等几位老辈子都举起了手。

"咋了老辈子，你也想通了？"

"臭顽石头！我啥时候反对过引水到草王坝来？我担心的是你们白费心力，这几十里的开山凿渠，比愚公挖山还要困难好多倍啊！老愚公靠的是意志力，咱草王坝这开山引水的工程等于是在天上筑一条长渠，那是啥情形？史书上没记载过有人干过这样的事喽！"

"老辈子说得对，我们干的这开山引水的事，是开天辟地没人干过的事，所以我们更要干！毛主席说得对：人定胜天！我们就要干人定胜天的大事！"

"好好，我说不过你。可你千万得小心谨慎，这野彪的山可是吃人的山啊，除非山神出面，否则难对付哟！"

"老辈子的话我记着呢！"

黄大发其实真的把杨春发的话烙在心头上了。他知道村上老辈子的话句句在理，开山引渠事关草王坝的命运，同时一旦有个三长两短，如何交代？

但无论如何，现在村民集体表决这一关通过了，黄大发就可以痛痛快快实施自己心中早已设想好的宏伟计划了——

> 草王坝好地名嘴，
>
> 就是苞谷沙哽死人，
>
> 要想吃上白米饭耶，
>
> 只有修渠引水才得行欤……

山岩上。一壶酒，一缕飘着烟的香火，外加一碗苞谷沙饭和几个山果。跪在地上的黄大发面向群山，连连磕头，嘴里还念念有词地嘀咕着一长串听不清的话语……

"黄大发！你在捣啥名堂？"说话的是路过此地的野彪公社书记徐开良。

"哎，是徐书记呀！你来检查工作呀？"黄大发吓了一跳，立即从地上跳起来，随后将香火等猛地踢开……"你在干啥？还搞迷信？"徐开良书记不是吃干饭的，意识到草王坝的这个小矮个支书竟然在山头上烧香磕头，不是搞迷信是啥？公社书记气不打一处来。

"不是的！不是的！徐书记你听我说……"黄大发慌了，赶忙请公社书记消消气，说，"我马上向你汇报草王坝准备开山引水的事。"

"今天我就是为这事来的。徐开良书记的嗓门提高了几分贝，有人反映你们缺少科学依据，盲目蛮干。你说说这是咋回事！"

"是，是。"黄大发赶紧用衣袖将身边的一块大岩石擦了擦，然后请徐开良书记坐下，便开腔道，"你知道的，我们草王坝要改变面貌，让百姓过上好日子，解决水的问题是关键，可难啊！我们这儿自古以来就缺水，靠天是靠不上的，只有靠我们自己。所以才想到了把螺丝河的水引到咱们村里来……这事难度确实很大很大，有时想想真的比登天还难！可不走这条路，咱草王坝永无出头之日啊！"

黄大发一说到这儿，又快要声泪俱下了。

徐开良书记开腔了，"其实刚才我已经沿着你们准备开山筑渠的几座山和沿线转了一圈，难度确实大啊！也只有你黄大发敢想啊！"

"我们也是被逼出来的呀，书记，没有其他路可走。"这时的黄大发一副可怜相，他用恳切的目光乞求公社书记，"徐书记，无论如何你和公社得支持咱呀！"

"唉，公社也不比你草王坝富到哪儿去，这野彪的山你黄大发不是不清楚。我唯一能给你的就是精神上的支持。你知道，河南林县的红旗渠现在正热火朝天地干着，人家是举林县全县和河南省全省之力在干，你黄大发的这渠看来只有靠你草王坝自己的力量。我野彪公社比不上人家林县的任何一个公社乡村，所以只能在精神上支持你啊！"

徐开良书记说完长叹一声后，望着群山，轻轻地感慨道，都说贵州的山区穷，哪有人知道贵州的大山深处才是真正的穷啊！

"又有多少人知道贵州的大山深处还有像我们草王坝的人似的，穷得连口清水都喝不上嘛！"黄大发在一旁溜出这么一句更加犀利的话。

徐开良书记看了一眼这个小个子大队支书，想笑没笑出来。故意板着脸，说，"知道就好！"又说，"我问你，你有多大把握？"

黄大发一听公社书记"上正路"了，赶紧回答，"实话，有一半把握，另一半没底。"

"嗯，像真话。"徐开良书记又问，"没把握的那一半你准备咋办？"

"只有求老天爷保佑了！"黄大发挤着一双狡黠的眼睛，瞟了一眼公社书记的反应，继而又小心翼翼地说，"刚才我就是在求保佑呢！"

徐开良抬头环视了一下群山，像在自言自语似的说，"共产党人不信鬼神，可在咱们大山深处，你一点儿不信这山、这山神还不一定行。大山是有灵性的，你做了违背它意愿的事就不行，就得受到惩罚。"

"对对，书记说得对，老辈子人就是这么认为的，我们不能一点儿不信。"黄大发以为在鸡蛋壳上找到了裂缝，赶紧接上书记的话茬。

徐开良有些严肃地瞄了黄大发一眼，说，"你干的可是天大的事，是弄不好会出人命的事，得安排好一千颗心给我把事情考虑周全了！"

"书记放心，我会严格抓好安全问题的。"黄大发保证道。

"说吧，除了钱不要跟我提，其他最需要帮助的提一提吧。"到了关键时刻，公社书记这么说。

"哎呀好嘛！书记就是好！"黄大发的心都快要跳出来了！兴奋地说，"有三件事需要书记你帮忙。"

"快说。"

"第一，这么大的事，这么大的工程，得有个好名字，你给咱工程取个名。"黄大发说。

这个嘛……徐开良思忖了一下，说："就叫'红旗水利'吧，人家河南林县的叫'红旗渠'，我们不能跟人家重名，'红旗水利'你觉得好不好？"

"好！太好了！书记的水平就是高。"黄大发没有文化，他是真心觉得公社书记取的名字好。

"第二，公社能不能给支持点儿炸药？开山辟路，少不了炸药。"

"这个没问题，我协调一下。"徐开良一口答应。

"第三个最重要……"黄大发看看徐开良，话没直说。

"你是卖关子，还是想掏我这个公社书记的心窝？"徐开良书记双眼盯着黄大发。他知道这个草王坝的大队支书可鬼着呢！

"嘻嘻，书记你不要太严肃了嘛！我是想，干这么大的一件事，上上下下反对的人、议论的人不少，我压力还蛮大的，希望书记一定要在精神上支持我，支持草王坝！"

"哈，我还以为黄大发你又有啥邪门子的事求人呢！这个嘛，你放心，我和公社会全力支持你的。只要你们好好干，不出事，我们不仅口头支持，还要组织全公社其他生产大队的干部到你们这里来学习取经。条件是在你渠道弄得有模有样时，当然最好是等水通了的时候。"

"太感谢书记了！有你支持，我就敢上刀山下火海了！"黄大发觉得获了全胜，他双手握住徐开良的双手，久久不放。

明天要上山喽！

各家各户把该准备的准备齐喽！

把该检查的再检查三遍啊！

1963年元旦刚过的一天夜晚，也就是在动员村民上山开凿的前一天傍晚，草王坝度过了一个不平静的夜晚——黄大发前前后后在村里走了三圈，每一次他都要这样一遍遍地吆喝，一遍遍地叮咛，一遍遍地检查……这是战前的最后准备。草王坝祖祖辈辈人的梦想将在明天付诸现实和行动——向大山挺进！向大山要清泉碧水！！向大山要白米饭吃！！！

草王坝从未那么热闹和兴奋过，每一个人从未如此喜气洋洋过。连曾经第一个公开站出来反对黄大发修渠的老辈子杨春发也兴奋得彻夜难眠，一会儿去看看马圈里的马儿是否吃饱睡好了，一会儿又拿起上山用的几把铁把式看是否适用和锋利，而且嘴里还不停地念叨着，这大发，虽有点儿愣，但能干事，能干大事！

不用说，黄大发这一夜更是兴奋得在被窝里折腾——你留点儿劲上山去好不好？别折腾我了呀……妻子徐开美怎么推都推不开丈夫。

"放一百个心，我身上有使不完的劲喽！"年轻时的黄大发也有顽皮的一面。

第二章

太阳出来暖心窝，

带上家伙上山坡。

只要大伙心儿齐，

天天都有大米饭喽——

第二天旭日刚刚从太阳山探出头来，草王坝村的一阵响亮的歌声立即回荡在四面的群峰之间。那是上山开战的出发号角，那是黄大发随口而编的一首山歌，也是他多少年来编谱的一首心曲。

迎着清风习习的晨曦，踏上露珠拂脚的石路，一支浩浩荡荡的战斗队伍从草王坝出发，向太阴山的最深处进军……黄大发走在最前面，在他的身后是徐开伦、黄大明、徐国泰等十几个年轻人，他们每人手中擎着一面大旗开路引道。在长长的队伍最后面的，是杨春发等老辈子们组成的锣鼓队，那有节奏的锣声鼓点，仿佛是催马扬鞭的号角，鼓舞着每一个上山村民迈出强有力的脚步……就是要这种阵势！就是要这种干劲！就是要这种气吞山河的威壮！

黄大发握了握拳头，朝群山做了个比高低的姿势，张开嗓门，突然一阵惊天动的高号：

我来啦——大山头哟！

我来啦——大山头哟！

我来啦——

我来啦——

顿时，群山四壁，连绵叠嶂，响彻一个更比一个高昂的回声，豪气冲天，震得地动山摇。

是的，黄大发来了！草王坝人来了！大山深处第一批，也是唯一一批敢于在千米悬崖上开山凿渠的农民大军来了！

那样的场面，是热气腾腾的场面，是干劲冲天的场面，是誓与天斗、与地斗、与阎王爷斗的场面，是欲改变自己的命运、梦里都想吃上大白米饭的改天换地的场面……

年轻人抢铁锤的姿势，在朝霞照射下，如舞动的彩圈，彰显的是力量与优美。

妇女们运石块的悠悠身姿，仿佛是天外飘来的仙女，呈现的是劳动与景致的山谷风情。

老人和孩子来凑热闹，给忙碌的工地和宁静的大山带来乐趣与少有的轻松……

然而，最精彩的仍然是敲醒大山的锤声与猎猎红旗的席卷声以及此起彼伏的劳动号子声……这声音里，有黄大发欲一口吞下群山、早日让村民们吃上大白米饭的豪气声；有跟着黄大发天不怕地不怕、一心想吃上大白米饭、早日讨媳妇的光棍年轻人的企盼声；有想干事、自己没干成、跟着黄大发边干边看的杨春发等老辈子们不甘落后的图强声；自然也有媳妇们、娃儿们牵挂、惦念的思盼声……

人心齐，泰山移！

手磨泡，心更坚！

你一尺，我一丈！

崖低头，岩让道……

上山的草王坝人用短短的一个初冬季节，凭着一身胆气和干劲，用手和铁锤钢钎，像蚂蚁啃骨头一样，硬是在大山身上一点儿一点儿抠、一寸一寸刨，抠刨出了近3公里长的石渠。

第二章

"来来来！我敬敬你们！敬老辈子！敬妇女同志！还有你们这些送饭送水的娃儿们——"黄大发难得下达"休息"的命令，但有人提醒他，明天是腊月二十三啦！哟，是小年了！不行，得让大伙回家好好团聚并备年货，春节过好了，来年才更有力量开山修渠。于是临放假前，他在工地上举着大碗敬父老乡亲。一冬干了近3公里，吃上大白米饭的时间不就在眼前嘛！那时的黄大发，看着超乎他想象的施工进度，满眼是美好的憧憬：放十天假，好好过年。三年拿下引水渠！

但，默默不语的大山，似乎并不想给黄大发那么便宜的好事，也着意想考验和磨砺一下草王坝人。某一日，它突然一个变脸，顿时雨蒙蒙、水淋淋，雾气和水汽将整个草王坝及四村五邻包围在寒雨冷风之中。常言道：贵州下雨如过冬。冬日里下雨是啥滋味，只有大山里的草王坝人才晓得。

这一年的春节前后，草王坝的雨下得前所未有，不仅时间长，而且雨水大，呼啸的寒风又不止。那寒风一吹，处在近千米高的草王坝村，如同掉在冰窟窿之中，出奇得寒冷。最要命的是，由于天气特别寒冷和降雨，这年草王坝一带，出现了少有的"冻雨"现象。漫山遍野的冰碴子不仅冻人，而且把整个山上山下的地面冻得像冰面一样滑汆，一时间村里的老老少少全不会走路了——稍不注意，便四脚朝天。

孩子们在村子里滑冰嬉闹，传来阵阵欢笑。坐在门槛边的黄大发如坐针毡，他不时地在堂屋内转来转去，嘴上频频骂出声：这个鬼天气，有意跟我过不去！

"大发，你在干么子吗？不上山啦？"就在这个时候，徐开伦、徐开福、黄大明和徐国泰等脚前脚后地全都跑到了黄大发家来，他们七嘴八舌地问。

俗话说，一年之计在于春。这大年初一一晃就过去了好几天。眼看就要到春耕的时节了，可这鬼精的冻天气再这么下去，今年的渠道咋修呀？

是的嘛，弄不好前面修的渠道也废了！

这你一言我一语的，把本来胸口就闷着一股气的黄大发给拱爆了，"你们嚷有啥子用？我担心的是这冰碴盖在沟渠上，待天一转暖，它可要毁咱全部的沟渠呀！那是我们全村几个月流血流汗的成果嘛！要命呀！"

大家沉默了，你看我，我看你。最后，徐开伦说，"要不，我们现在就跟你去山上看看。"

"你上山？知道上面现在是啥状况？是板壁上挂甲鱼——四脚无靠。你上得去吗？"黄大发瞪大眼珠问徐开伦。

"咋上不去？"徐开伦不服，转身出门，又随即抱来一捆草秆秆，并飞快地将草秆秆绑在脚上，然后在屋里转了两圈，说，"这是我家老辈子教的，咋样？"

"真不赖！就它了！"黄大发的脸变了，和颜了。他说，"都照这个样，把脚'武装'好，我们就上山去。"

"走，上山喽——！"

在黄大发带领下，一队冒着刺骨寒风的"草脚队"向大山进发，引来村里人一番惊叹。

"你们都得小心点儿，要不然回家时屁股都摔成几瓣了啊！"婆娘们这么叮咛道。

"晓得了！放心吧，你把被窝给老子热暖乎些，我回来还要撒野呢！"

"哈哈哈，瞧他狗样，还有本事回家撒野呢！"

山里人的调情是野性的、直白的，甚至是露骨的，也是最有魅力的。那粗犷的气息和粗壮的身姿能把大山震得摇摇晃晃。不过，这一年的冻雨天并不像往时那样，它的寒气将所有山里人的野性封死在自己的体内，你就是有壮志凌云之气概，也会在冰封世界里变得胆战心惊。因为石头已经抹上了厚厚的一层冰，连悬崖上都挂满了扁担一样长的冰条子，看上去就像到了"冰国"。

再看看贴着悬崖而修的沟渠，黄大发欲哭无泪：这么厚的冰，天一暖，不全都融酥塌陷了嘛！

"你别急嘛，大发！"一旁的徐开伦眼疾手快，赶紧扶住黄大发，说，"我看过家里的老辈子曾经用过石灰加固水沟，不知能不能在这渠上用这法子……"

"应该可以，石灰有凝性。"大伙儿这么说。

黄大发点点头，说："其他啥子法子也想不出来，就用石灰试试吧！"

于是，又是一场全村"社员动员大会"。于是，又是一场红旗猎猎的背石灰大战……几十吨石灰，由上百个壮劳力，前后用3天时间，像蚂蚁拉骨头似的一筐筐地从草王坝，驮到十几里外的山崖沟渠上。冰碴道上，虽然没有人摔下山谷，但摔倒和脚踝摔伤的则不止一两个，每个人摔过后都揉揉身子，忍受着伤痛又继续前进。

山里人骨头硬，摔摔撞撞，不折腰。
山里人气如虹，吹吹打打，不舍命。

"大伙儿给我听着，各生产队趁天气露个晴，抓紧把春耕生产给安排停当，苞谷该下土的要下土，男人和中青年女人过几天都得上山刨沟修渠去，一个全劳力都不能在村里留！"黄大发又在动员了。只要一说到上山修渠的事，他从不留有余地——所有能够用得上的劳力必须上山。这是个死命令！全村人知道他的脾气，也习惯了他的做法，关键是大伙服他的主张和意志。何况，他说修这渠，是为了村里人一改祖祖辈辈吃不上大白米饭的状况！

白米饭多吸引人哪！这大白米饭对草王坝的人来说，比山珍海味不知要强多少倍！有一个草王坝老汉告诉我，他小时候因为跟父亲到山外走了一趟亲戚，第一次吃了一顿白米饭后，就觉得自己像吃过天上的仙丹一样。后来再没有吃过，但那一顿白米饭，让他后来在村里成为最牛的人，好像他是唯一一个进了皇宫跟皇帝一起用过膳似的那种了不起！他说这话时，目光里依然闪耀着得意的光芒。

白米饭对草王坝人来说，一直是幸福的制高点。为白米饭而战，死而无悔。黄大发能够调动全村人不惜流血淌汗上山开山挖渠，凭的正是这种信仰。

毛主席领导穷人翻身做了主人，我们共产党就是要让百姓过上幸福生活，吃上白米饭！黄大发没有文化，但他的这句口号极具号召力和影响力，只要他喊出"为了吃上大白米饭"这个口号，那么80岁的老辈子也会让自己的孙子扛着铁锤跟着他上刀山、下火海；新媳妇也可以毫不犹豫地让没在被窝待够的丈夫立马穿上草鞋上山去，甚至连自己都要挺着大肚子一起去战斗！

多么可怜的草王坝人！多么崇高而伟大的山里人！大白米饭，让他们用无畏的生命和无畏的精神，前行在一条极其危险和高远的天路上……

"黄大发，你这个安排不妥！"

"谁敢这么说话？谁敢说这样的逆道话？"一看，又是杨春发这个老辈子。

"怎么啦老辈子，又有啥不对劲的？"黄大发躬下身，笑眯眯地问。

"你现在这般用石灰加固沟渠不是啥好办法，好比豆腐渣擦屁股——没用。不信你看，过不了几天，雨一来，又成泡影。还不如现在收场，少让大家费劲费力嘛！"杨春发仰着头，瞅着刚刚露了半个脸的太阳，说。

"老辈子你说这话我真不爱听了！这沟渠如果现在不抓紧在端阳的雨水来之前把它加固好，我们之前近3公里长的渠就等于白修了！"黄大发的脸色变了，说。

"我看你这样下去更是等于白修了！"杨春发见黄大发并没有把自己的话听进去，拍拍屁股走了。

"这个老家伙，总给我们浇冷水。别听他的！"大伙儿给黄大发帮腔，几乎所有的人都在给黄大发帮腔。此刻在草王坝人心目中，领头人黄大发就是领着他们吃上白米饭和过上幸福生活的神，神是不会有错的。况且，穷得叮当响从未走出过大山的山里人，除了知道石灰凝固石渠外，他们根本不知道，天底下还有什么比石灰更好的黏合剂可以把石渠的渗水问题给解决了。

然而黄大发并不是一点儿都没有把杨春发的话放在心头，他环顾和检查了一下社员们正在用石灰加固的沟渠，并且叫人从十几里的山底下驮来两桶水试了一下，觉得石灰加固的地方并没有出现杨春发担心的那种情况，于是更坚定了石灰能够加固石渠的想法。

近3公里长的石渠上，一米一米地用石灰加固，这项工作如同凿岩开山一样艰巨，甚至更加细致。

　　草王坝人在山上度过了一个寒冬初春。许多人的手脚裂出了血，后来多少年冬天都没愈合过。冻疮难愈，这便是明证。

　　下山喽！过了春耕，大伙儿一鼓作气，凿他个10里，争取明年把清泉引到咱草王坝！收工下山的哨子吹响，黄大发迎着猎猎寒风，连号了几声。

　　好啊！鼓足干劲，凿他10里，引水进村喽！

　　大伙儿的干劲与热情，把大山上的寒风抵在十万八千里之外，他们迎来的是又一年的习习春风……

　　"榴花似火庆端阳，箬叶艾蒿满地香。"转眼间，端阳已过，草王坝的春耕春种也在明媚的春光中完成。

　　磨亮钎儿，准备上山喽！黄大发的社员大会还没有开，村上的男男女女、老老少少就你追我赶地嚷嚷起来了。看着浩浩荡荡的挖渠队伍，黄大发的一对眼睛乐成一条缝。他掐指一算：假如按照现在的速度和大伙儿的干劲，不出来年冬天，通往村头的石渠在村头定能望得见了……

　　但，老天爷可没有按黄大发的心思行事。就在他刚上山的第二天，一场少有的"端阳水"瓢泼而下，吓得黄大发及草王坝老老少少、男男女女跟着躲都来不及——那刚刚加固不久的石渠，顷刻间被雨水冲得稀里哗啦的，塌的塌、倒的倒，彻底变了样，如同一条烂泥沟……

　　"你个老天爷，你咋不睁眼看看我是提着脑壳耍活儿啊？"瞅着近3公里长的石渠转眼间变成了一条烂泥沟，黄大发双眼一黑，扑通一屁股坐在了沟渠里。

　　"杨春发哪杨春发，你个老不死的，你为啥不早点给我讲明白啥子想法嘛！"黄大发突然想起当时老辈子杨春发就阴阳怪气地指责过他不该搞石灰加固一事，不由怒不可遏，出言无状了。

　　"这能怪人家吗？是你自个儿骄傲过头了！"这回是妻子徐开美出来说自己的丈夫了。结婚多少年来，她从不批评当队长、做支书的黄大发，但这回她看不下去了。"那时人家老辈子的话你哪能听得进去嘛！看看现在，跳崖都救不回来了吧！"

"快去讨教老辈子吧!"妻子说。

"别忙碌了。我来啦!"说话间,杨春发来到黄大发面前。

"我说老辈子,你当时咋就不直说明言嘛?"黄大发的气似乎还没有消,双手叉着腰问杨春发。

杨春发不买账,说,"你当时牛气冲天,能听得进我的话吗?"

"你……"黄大发还想说啥,可见杨春发浑身上下尽是泥巴,奇怪地问,"你干啥了,怎么这个样?"

老辈子杨春发竟然呜的一声哭了起来。

"到底咋啦?"黄大发愣了。

"大发,你实在太不容易了!呜呜……"杨春发又哭,抑制不住地抹眼泪。稍许,他擦干泪痕,说,"昨晚我一听到打雷,心想坏了,准是又一场端阳大雨。所以赶紧摸黑上了山,看看石渠会不会如我当时所想的那样,被'端阳水'冲掉,结果一上山,果不其然……我……我就伤心得不行!不行啊!"杨春发像小孩似的,又哭。

黄大发是硬汉,从不轻易掉泪。这回心里本来积盈的苦水没处流,见老辈子杨春发如此悲切,不由眼一酸,没忍住,过去搂住杨春发,两个人竟然一起呜呜地哭了起来。

男人的哭声很是狠性,那声音挺吓人,竟然一时把老天爷都吓住了……雨变小了,而且慢慢停了下来。

现在,两个呜呜大哭的男人坐在了一起,心平气和地聊了起来。

黄大发说,"你当时没有说出来的建议到底是啥?"

杨春发说,"当时我就是想劝你等端阳节过后再去加固石渠,这样不至于一场端阳雨就把大伙儿辛辛苦苦干了一年又一春的沟渠全给毁了。"

"你这不是见外嘛!"

"可你当时雄心勃勃,十头牛都拉不回。"

"我的脾气你老辈子还不知?"

"可你是干部，谁惹得起？"

"看来我得进行思想改造。"

"再说，当时我的想法是，光凭你那个石灰和泥巴咋能粘得住石渠缝让它不渗水嘛，应该在里面再放点糯谷草一类的东西来增强黏性，那样可能就能达到目的……"

黄大发又要火了，"这多好的办法！你咋不早说嘛！你——你真是个闷雷！"

杨春发也有些不服，"你咋个当了干部就那么不听别人细说嘛！"

黄大发重新坐下，"说吧。"

"其实我心里也是为难，因为我们草王坝哪儿有糯谷草呀？"

"可以下山去找嘛！"

"今年开春就逢上了一场冻雨，你就是下山，找遍整个遵义地区，也不一定能找到我们所需要的那么多糯谷草呀！"

黄大发长叹一声，"也是。但你当时得把这个想法讲出来，至少不会浪费那么多石灰和劳力……"

杨春发这回没有发声。黄大发突然仰首、闭目、捶胸，"怪我冲动！我对不起草王坝的父老乡亲啊——"

几年过去，水渠仍然在艰难地往前挖……一次"端阳水"怎能阻挡得了黄大发和草王坝村民想吃白米饭的意志？

社员同志们，毛主席早就说过，古时愚公挖山不止，靠的就是子子孙孙不断气、不断力、不断命地一拨又一拨地挖，直到挖完为止。我们从螺丝河到草王坝共十几公里的路，是有数的路程、有数的距离，挖一米，就短一米，挖一里，就近一里……只要大伙心往一处想、劲往一处使，再长十里百里的沟渠，我们也能靠十根手指把它抠出来！

黄大发没有文化，但他的动员能力、鼓动能力超强，他在社员大会上讲的每句话都掷地有声。

上山挖渠的工程量是根据你家可能改成水稻的土地面积来作为一个单位计量的，比如说你家有五亩地改水稻田的，你就得出五个劳力，然后全村人根据水渠的总长度，再按总劳力折合到你家，那就是你家该出工的数量。对此，全村没有人反对，都认为黄大发的安排是周到和公平的。但即使如此，计算劳力在工地现场仍然要随时调整。咋办？会计和记工员固然可以揽过来，这也是分内的活儿。但黄大发是总指挥，许多调度和分配工程量的事儿得由他说了算。没文化能算得过来？

"当然能嘛！你想难倒我？怕还没生出崽吧！"黄大发不屑地瞥了一眼那些暗地里算计他的人。村里的人谁也没有想到，他黄大发没上过半天学，竟然能把村里的所有人的名字、多大年岁、什么辈分、娶的哪家媳妇、从何而来的所有相关文字，全部用铅笔写在小本本上。而且，谁家在修水渠工地上出了多少工、少背了多少岩石方，生产大队里买了多少炸药，还在仓库里留了多少雷管，他都一一记得，甚至可以不用小本本就能如数家珍地道出来……这黄大发，他在娘肚里时就知道吃的都是苦水，啥时长了这本事嘛！黄大发这些本事，连一向瞧不起人的、有草王坝"智多星"之誉的杨春发都感到不可思议。

"你问我这本事哪儿学的，那我告诉你，是山神教的！你们没见我有事没事都要跟大山聊上一阵，然后啥事全都明白了。"每每这当口，黄大发"吹"得神乎其神，好像大山里真有山神似的。

"我们这里的山里就是有神的！"草王坝人很认真地跟我说。

"在哪儿？啥样？"遇到较真的人这么问的时候，草王坝的人就乐呵呵地告诉你，山神就在我们身边哩！

到底有没有山神，其实是要靠自己去体会的。大山里的人是这样说的。

黄大发没有上过半天学，却能写出全村几百号人的名字，这等于他能识得至少千数以上的字，这难道还不算神奇吗？

有学者曾经这样调侃道，现在的当代作家和学者，其实只是重复运用了1800个左右的汉字进行"玩术"。他的话意思是，中国当代文化人基本上是靠熟用的

1800多个汉字，就可以混得好名声、好饭碗了！根据这个理论，那没上过学的黄大发能把全村所有人的名字记下来，也就非常有"文化"了，所以他能够教育和领导草王坝人了不是？

太有道理了！难怪黄大发能在草王坝几十年立于不败之地——他是草王坝的一个真正有文化和懂文化的领头人。能点出全村人的名字，也就能知道这些名字的每一个字背后的意思，再把相互之间的文字一组合，可不就是草王坝的一本"百科全书"？黄大发是个绝顶聪明的人。

我对他的"读书法"很感兴趣。于是在我采访他时，黄大发正式向我们介绍了他学文化的"秘诀"。小时候家里穷，没有条件上学。在草王坝，就是家里最富的人家，读个高小也就算是对得起祖宗了。上中学，就得出山。出了山的人基本上都不会再回草王坝了。所以草王坝的"文化高峰"，一直以来都是在高小水平的基线上。

"毛主席说过，没有文化的军队就是愚蠢的军队。我们草王坝人不能永远做愚蠢的人是吧？所以我作为村支书就得学文化。"黄大发说，他最初学文化是从在亲戚家里捡的半本《三字经》开始的，村里那些老辈子，不管是有文化的还是从没进过学校的，都能背一串《三字经》。慢慢地他跟着也能背上几句、几十句。于是他就把口背的字与本本上的那些字一个个地对着念，后来就对着描，一笔一笔地描，直到把那些幼时背得出的字全部写会了……会了这些字后，他就开始写村子里张三李四的名字。有的人知道自己叫啥，但不会写自己名字的字，《三字经》里也没有一些关于人名的字，他就让那个人自己把名字写给他看，或者让会写自己名字的人写给他看，他就这样一个一个地把全村人的名字的字都学会了。

"学会了好处太多了！平时表扬他、批评他，都不再信口开河、漫无边际，一是一，二是二，有针对性，管用。"黄大发说。

采访时我试了一下已经82岁的黄大发的文化水平，开始是拿出自己的名片给他看。他一字一字地全部读了出来。读出来后，他有些惊讶地问，你也是"主席"啊？你是大官呀！

后来我又拿出一份宣传他事迹的《贵州日报》请他念。他又一字一字地念，千把字的报道，他基本上都念出来了。

了不得！草王坝现在的"文化高峰"至少也是中学水平了！我赞扬道。

黄大发笑笑，然后又摆摆手，从身后拉过两个年轻人，一男一女，说，"这都是我的外孙，一个已大学本科毕业，一个准备读研究生了。我们草王坝的'文化高峰'现在是大学水平，没有大学水平就不能建成社会主义新农村。"黄大发十分自豪地说。

老人的话令我内心十分感动和感慨。这就是社会的变化，一个大山深处的小山村的巨变。

黄大发当年学文化是被逼出来的。开山修渠到后来越发艰巨，比如测量螺丝河到草王坝的水源与径流之间的落差，也就是说，20多里长的石渠，蜿蜒曲折，穿峰过岩，如何保证水能在20多里长的渠道里越走越畅，一直流到草王坝。这里面的学问太多、太深。黄大发他们哪有这方面的专业知识嘛！

"高小文化水平的人是没有这个本事的，念过中学的人也未必行，所以我们只能靠自己想办法。"黄大发说，当时他和村里的年轻人就靠几根竹竿，在山里山下来回地比画着，凭眼睛目测，一竿一竿地往前行。这般"土法上马"，用在平常的牛耕地和山上垦块坡兴许还能管用，可在千米之上、几十里远的大山上丈量、凿渠，等于是马大哈缝衣裤——连屁股都兜不住。

然而黄大发他们就是靠这样的能耐，一丈一丈、一竿一竿地丈量着他们认为精准的沟渠……

从螺丝河通往草王坝的漫漫山谷间，有道道沟梁峭壁，有的地方连飞鸟都不敢歇脚，凿岩人怎能上去挥锤插钎？怎么办？

绕道而走呗！黄大发左看看，右瞄瞄，最后只能下这样的决心。

这"绕道而走"四个字的决定，实在让草王坝的人多干了五六年时间，那五六年时间里到底流了多少汗、滴了多少血，无人计算，也似乎无人在意。那个时候大家只有一条心，那就是早日把水渠修成、让全村人吃上大白米饭。所以多干点儿活、多流几年汗，好像就是天意一样，谁也没说个"不"字。

村里的老人告诉我，那些年里，村里除了春耕、秋收、大伙儿回村收拾庄稼地的活儿外，其余就是上山开山挖渠。山里吃、山里宿，成为村里人的习惯。徐开伦是黄大发开山修渠的得力干将之一，他们也是亲戚。那天采访时，他跟着一起上了螺丝河的水源地看旧景。在距水源地几十米的地方，他和黄大发看见一个山洞后，异常兴奋地往里钻。后来徐开伦告诉我，当时他们修渠的开工前半年就吃住在此洞内。

"春节刚过，我们就上山了。外面下着雨雪，北风刮得呼呼的，但为了赶个'开门红'，大发说我们这一队年轻骨干一个都不能往家里跑，必须等沟渠的头阵炮打响了，才可以回家跟老婆热一次被窝。现在听起来好像是笑话似的，可当初就是这个样。黄大发要求很严，批评起谁来，一板是一板，一眼是一眼。你是党员，他给你念入党宣誓词。你是团员，他也是跟你念入党宣誓词，最后多说一句话：你是团员就是党的后备力量，就得按照党员先进性要求自己，日后才有可能进步。你是社员，他也给你念入党宣誓词，他说你就应该向党员看齐，草王坝人要吃上大白米饭，所有人都得向党员看齐。他的这种教育方法，让我们全体草王坝人个个都像共产党员一样。人要正，心要齐，干劲要冲天。他就是这么引领大伙的。"

我问黄大发当年是不是就是这样教育村民的，他笑笑，说，"差不多。"最后他又说，"我没有文化，肚子里装的那些东西就是《毛主席语录》上的话，再就是草王坝老人一代一代传下来的东西，但我心里像明镜似的清楚一件事——像修水渠这么大的事，咱要啥没啥，就凭一身力气、一双手，还有就是一颗心，一颗想着在不远的将来人人都能吃上大白米饭、孩子都有上学机会、光棍都能娶上媳妇的心，这颗心的这些信仰不能断、不能弱，这信仰不断、不弱了，我们草王坝的渠道就能修成，就能让水哗哗地流到我们的地里。"

"我是党员，党员有这份信仰是理所当然的。但普通村民你让他也要有这份信仰，你就得自己啥事都做在前、干在前。"黄大发这样说。

"我佩服黄大发这个人就是从点点滴滴开始的。"徐开伦说,"我们开工的第一站是修建水源地上的坝基,这事谁也没有干过。当时正值大冬天,天上还下着雪,螺丝河的水其实是一条山崖溪流,从上往下流,冲击力很大。我们取的水源高度正好是在它的下段的一个地方,在那里拦腰截流,虽然当时是冬季,但水流还是蛮急。我们在水中筑坝就得有人先用一块大石头垒出一个水面,再慢慢地砌成一道坝。现在说起来好像挺容易,其实当时对我们来说,是件难事。你拦水筑坝得下水干活呀!因为那山上的水一直在往下冲,你无法不湿脚、不湿身干活嘛!那时我们都很年轻,吃点苦大伙没说的。可要说长时间在冰水里待着,那就另说了。黄大发他跟我们说,这样吧,你们没有结婚的人就不要下水了,真把蛋蛋冻坏了生不出娃儿,我负不起这个责任。你们已经结了婚的,又生了娃儿的,就跟我一起下水。但你们不能跟我待的时间一样长,你们的时间减半。我们一听他这么说,都不答应。他就火了,说水渠工程才刚刚起步,你们就不听从命令,以后我还怎么领导大伙把这几十里的沟渠挖通呀!谁要不听命令,现在就回家去!"

黄大发在吃苦和干危险的事面前,就这么不讲理,没人争得过他。黄大明等同辈的村里人也都这么说。

"开头几十天筑渠时,我们十几个人像一窝猪崽似的,全都宿在山洞里。冷啊,外面飘着雪,被子底下是一层草,草上面就是我们的身子,身子上面盖一床被子外加棉衣啥的,还是冷……冷的时候常半夜被冻醒过来。我平时睡在洞子的里壁,好像还温暖些。有一天晚上我也被冻醒了。我坐起来一看,靠洞口的黄大发就根本没睡,蜷缩着身子坐在石头上,嘴里不知在嚼什么东西。我过去问他咋啦,他说太冷,睡不着,肚子又饿,就嚼嚼草根,好让胃别冷贴着。那个时候本来就穷,饿肚子干活是常有的事,但大发他白天在冰水里待的时间最长,夜里睡得又最少,几十天下来,他就成了一个小老头。"

黄大明又说,"我跟他名字只差一个字,但要说思想和觉悟,我们俩就好比一个天上一个地下那么大的差距。"

不过草王坝的人思想觉悟都比一般村子的人要高出许多，就因为黄大发给大伙儿都吊高了。老人的调侃中带有几分自豪。

山上本无路，更不会慈悲地为草王坝村民们裂出一条流通清泉的天赐水渠。黄大发领着大伙儿沿着大山的悬崖峭壁，一丈一丈地往前挖凿，犹如蚂蚁啃骨头，全凭着一锤一钎地挖、刨和一担一筐地搬，甚至是手抠、肩扛。男人们把吃奶的力气用在让拦道的巨石崖壁让路，女人们则用炒菜的铲子和柔软的腰肢，一寸寸地抹平渠壁沟槽，那是真正意义上的自力更生、艰苦奋斗。

草王坝第一次修渠工程靠的就是自己的力量，除了公社书记批给的限量用的炸药和部分补贴的石灰外，其他所有一切，都是他们自己的。穷得出名的草王坝能有什么呢？黄大发说，我们除了有一双手、两条腿，还有一颗死也想着吃大白米饭的心……

山里的男人是干活的命，山里的女人除了生娃也是干活的命。

上山挖渠的男人苦，苦在石头压弯了腰还要直起身子。

上山修渠的女人更苦，苦在冰天雪地里你没法保住下半身的暖，大热天里你裹不住"特殊情况"——多少次山裂岩动的同时，男人们惊悚万分地看到石头上滴淌着一行行鲜血……那是"来情况"的女人们在挑石头、运土方的劳动中不慎从裤腿里渗出的。男人们心疼地瞅着那些在悬崖上挑着担子如飞燕般捷步的自己的和别人家的女人们，欲言又止。

这是一个痛苦的过程，这又是一段激情的岁月，草王坝人不管是男人，还是女人，他们无一人怀疑黄大发的方向和意志有问题。他们甚至认为，只要按照黄大发的意见去把自己的任务完成，那么吃大白米饭的日子就在明天。

都说人民的力量比天大，谁知天大的事在人民手下竟然不成为事！

在那段岁月里，这些贫穷的山民，在那千古巍峨挺立着的大山脖颈处，竟然要用双手凿出一条几十里长的石渠，让遥远的清泉变成自家地里的稻田水……这是何等的气概，何等的奇思妙想，又是何等的不可思议的行动！

他们做了，像原始时代的古人类攀登泰山，像筑长城时代的勇士月夜畅想明月上的嫦娥，毫无顾忌，毫不胆怯，丝毫不存怀疑，丝毫不存余力，一鼓作气，从水源地螺丝河，一直朝草王坝的方向，披星戴月，劈山凿渠，一往无前……

为了吃上大白米饭，老汉杨春发也积极干活，但若黄大发把他当成"老年人"，脾气倔强的杨春发就露出胳膊，吼声震天，"我今天就跟你黄大发比试比试，咱们抡300下铁锤，谁要中途歇一锤，谁就从山崖上自个儿往下跳！"

结果杨春发被编入"基干民兵突击队"了！

为了吃上大白米饭，黄大明平时胃就不太好，但为在山上赶进度，他让家人把五天的口粮都煮熟后带上山。连续五天他吃了50包玉米，拉便的时候差点痛得自个儿往崖下跳……

那时一家又一家的人都在山上干活，许多村民的家里本来就没有什么可吃的，可上山干重活，需要营养，黄大发说山上不缺蘑菇和野兽，于是太阴山前后方圆十几里的大山，成了草王坝人的另一片"战场"，最后野兽们吓得也只能往崖下跳！

"来来，捡上几头扛上！明儿个我们要把这座山峰打出个窟窿来，让水顺着我们的心往咱草王坝流……"黄大发指指挡在面前的一座高耸云霄的山峰，说。

"啥？要挖隧道了？是啊，就是要挖隧道！比人还要高、牵着马和牛都能过得去的隧道！"黄大发骄傲地说。"这……这咱们行吗？咱又没钻山的机器……会不会半途而废？"有人望着巨厚无比的山峰，胆怯地说。

"别说晦气话！"黄大发生气了，"没有钻山的机器咋啦？我们有打天下的拳头，一双打天下的拳头！"他抡起双拳，比试着欲与天公争雌雄。

打隧道的战斗开始——

现在，黄大发其实遇到了前所未有的难题——大山峰险、悬、峭，原本沿山壁而走的沟渠，靠三根竹竿马马虎虎弄成一条直线，并由此凿石刨沟，七拐八弯的渠——看那样子让人有点儿难为情，但毕竟是相通相连的。在大山腹部对穿一条"沟沟"，对不准的话，将是何等荒谬与失败啊！

第二章

沿山体转了一圈又一圈的黄大发，心底不免有些发毛。怎么办？三根竹竿的土办法已经失灵。黄大发一时想不出高招，急得直抓三寸短发。"有的是办法嘛！"每每关键时刻，与黄大发同岁却辈份高出一辈的杨春发就出现了。他有些得意地告诉黄大发："见过老人用茶盘装满沙子，放在山顶，再用两根绳子垂直交叉于泥沙上，纵向的一根固定在茶盘上，横向的一根则标示出隧道掘进的方向。"

"哈哈，你这个老东西，就是'智多星'嘛！"黄大发一听，便高兴得跳了起来，搂住杨春发就假装要往地上摔……

"你个娘的，你还有没有辈分了！"杨春发涨红了脸，训斥小辈黄大发。

"等打通山洞后，我请你喝庆功酒！"一溜烟儿，黄大发又"飞"到了山的另一端。这里，一队严阵以待的民兵正等着黄大发下命令，他们是担任隧道战斗任务的两支青年突击队。

"大家都听着，这回在山腰里打洞，咱谁也没干过。但不用怕，你们只要一听命令、二下力气便是！"个头不高的黄大发叉着腰，特意站在一块高过他足有两米高的大岩石上，像大元帅似的对村里的年轻人动员道。最后，他把嗓门提高了三个分贝，问："一年的工作量半年拿下，大伙有没有信心？"

"有！"气壮山河的回答。

"有！"立竿见影的行动。

人之所以是人，是因为在人看来，他们可以战胜一切，包括天与地。毛泽东就说过，人定胜天。而且他的哲学中有一个思想是，与天斗，与地斗，其乐无穷。

黄大发深受毛泽东思想的影响。他同样深信：人以其坚韧不拔的力量，是可以战胜天与地的。世上无难事，只要人想干成它！

让村里人吃白米饭，是黄大发的奋斗目标，而这个奋斗目标符合草王坝人的利益与愿望，因此把全村人的心凝聚在一起，这是一股强大的力量，一股不可战胜的力量！

现在——又是一个现在，黄大发组织了左右两支队伍，在山体的两个不同位置，向对立的同一个方向一起开始凿山打洞……

不行，这么大的事还得向上级报告一声，或许还能得到些支持！黄大发从来没有忘记组织。于是他赶紧又去找公社领导，如此这般一番陈述。领导也不都是铁石心肠的，听黄大发横竖一说，心软了，说尽管公社也穷得叮当响，但草王坝修水渠的精神实在可贵，必须支持一把。黄大发高兴得快要跪下来给领导磕头，因为他争取到了8000元现金支持。

除了买雷管和炸药的费用外，还可以省下一笔作伙食补助！黄大发寻思打隧道可不能没半点儿伙食硬货，否则关键时刻大伙身体顶不住麻烦就大了。有这8000元，他心里有底了！

那么战斗可以开始了！

别别！别着急嘛！黄大发摆摆手，跟青年突击队员说，听着，这边爆一下后，再等着那边响一回，绝对不要同时点放炸药！

为啥？有人问。

"你想，如果两头一起放炮，你听不清对方的声音呀！听不清对方的响声，你咋弄得准另一头是不是对着你凿过来呀！对不准的话，这山洞不等于白打了呀！"黄大发说。

"是啊，还是你这个支书厉害嘛！"群众说。

黄大发不再说啥了，披衣卷裤，风起身行，看上去像杀猪场上的屠夫一般凶狠。他来回在山体的两端又奔跑又嚷嚷。奔跑是怕两头的爆炸不能间隔开来，嚷嚷是因为整个工地他得全盘指挥。瞧他那神情，实在有些滑稽，但谁也不敢笑出声，因为只要山洞里一声爆炸声响起，便地动山摇。这是好的情况，坏的情况是炸药点了没动静！没动静是最可怕的——这个时候，你不知是继续等待，还是去试探着看看是否真的是哑弹。是哑弹，你得赶紧重新点燃；不是哑弹，你怎敢去瞅一眼呢！

"别动！都给我在原地待着！"每逢此时，黄大发的脸总是铁青，看不到一丝笑容。他会把其他人远远地挡在身后，随手用厚棉衣将自己的头严严地裹了个结实，便独自朝山洞里走……

"不能去啊！危险——大发！"

"拉住他！快拉住他呀！"

这当口，老人喊，女人哭，男人们冲上前……但他们都被黄大发呵斥住：谁敢过来一步！

所有人的脚步止住了。

所有人的呼吸停止了，甚至心跳也在顷刻间仿佛被强行"停止"……

村民们屏住呼吸，按住胸口，目不转睛地瞅着黄大发的身影走进漆黑的山洞内，直至消失。

没有一点儿声音。山上的鸟儿，草丛里的野鸡，都小心翼翼地伏在原地静候山洞内的每一丝声音……

"轰隆——"山洞里突然传来一声巨响，一股冲鼻的硝烟随即喷出……

"大发！"

"黄大发！"

"支书——"

"黄支书——"

爆炸声未落，村民们此起彼伏的喊声将爆炸余声掩盖得严严实实。

黄大发终于出声了，"我又没有死，你们哭嚷个啥嘛！"

他像一根刚入灶门又被弹出来的木树段，全身冒着烟尘，只有两只眼睛在闪动着，出现在村民们面前。

黄大发又一次活了过来。山洞再一次向纵深凿进了十几米。

现在，再一次"现在"。黄大发更紧张与关心的是，两头打洞会不会各打各的，最后擦肩而过，失之交臂？

这当口，黄大发真的急了，急得像热锅上的蚂蚁，坐也不是，站也不是。这边瞅几眼，觉得不对劲，再往那边看一眼，更觉不对劲。到底哪儿不对劲，黄大发自己也弄不明白。

最简单也是最管用的办法,是把耳朵贴在最前沿的石头上,静听对面有没有凿洞的声音……

快来听!听听到底是不是凿洞的声音!时间一长,黄大发感觉自己的耳朵跟出了啥毛病似的,怎么不灵了呢?咋听都没有清晰的声音,咋听都不像是凿洞的声音。

能不急吗?你说能不急吗?那些日子,一支香烟的工夫,黄大发的嘴里会嘀咕十来遍这样的话。其实,所有人都跟他一样急。试想:假如两头费尽力气,昏天黑地地凿了几十天、几百天,最后山洞横穿各一方,那该是多大的浪费!费尽多少血与汗!

这是一个仅有二百来劳动力的小山村。

这是一个仅以苞谷与土豆为生的穷山村。

这是一个几乎与世隔绝的依在山顶上的小山村。

劳动力对草王坝的人来说,也许不值一分钱,但他们除了劳动力,一无所有。劳动力,对草王坝人来说,是唯一的金子,是唯一的财富。如果欲把全部的金子和全部的财富,都如此无谓地浪费,那作为一村之主的黄大发还有何可信的东西向村民交代呢?

在山洞向纵深凿进的日子里,黄大发的压力愈发增大,到了数十天夜不能眠的地步。他终于倒下了……

倒下后村民们将其抬出洞穴。但他又大闹,说谁再抬他出洞,他就跳崖!

他那犟脾气,干得出来!杨春发朝青年突击队员挥挥手,说,任他的性子吧。

黄大发又进了洞。没日没夜地待在洞里,在洞里他伏在石壁上只做一件事:直起耳朵,贴在刚刚凿过的石头上听声音——山那边的声音。

山那边的声音没有。山那边的声音很小很小。

山那边的声音突然变大了,变得可以清晰地听到"叮当——叮当——"的凿锤声……

猛然间，黄大发像醒来的睡狮，一跃而起，跳得老高！

"通了！要通啦！"他冲出山洞，双膝扑通一声跪在地上，然后张开双臂，向大山的深谷高喊着，如醉汉一般，如疯子一般。

"通啦！通啦！我们打通啦——"先是男人喊，后是女人喊，再后来是全体草王坝人喊。

那声音真叫震耳欲聋，惊天动地！

那情景才叫欢天喜地，胜利满怀！

山洞通了。山洞竟然靠着黄大发他们的茶盘测控合缝相嵌地连接通了，这本身就是个奇迹！

大山似乎给了草王坝人一个天大的面子，让大队支书黄大发感觉离吃大白米饭的日子又近了许多……然而，谁都不曾想到，其实辛辛苦苦用了半年时间打通山洞的那一刻，也是噩运正式降临之时。

这又是为何？

这是因为从修渠战斗打响的第一炮起，黄大发就忽略了他本人和草王坝人都无法战胜的没有掌握工程技术与物质基础不足的关键问题。在蜿蜒曲折的群山之中，修筑一条20余里长、海拔近千米的水渠，仅靠几根竹竿和茶盘子这样的土法及简易器具做测具，又没有起码的防渗材料，想让奔涌的螺丝河水顺着粗糙的石岸逆行而上，岂不是天下奇闻！

没有多少文化，也没有接受过任何水利工程方面知识熏陶的黄大发，自然不知其专业技术与基本材料的重要性，而即使他深知其厉害，又能怎么样呢？在当时的条件下，他只能凭借自己的感觉和最原始的知识与判断，去挑战大山，去挥洒汗水。他和他的村民，也并非无知和鲁莽，或者说盲目自大，而是因为他们过惯了呼天天不应、叫地地不灵的生活，他们认定了唯一能改变的是他们要自己起来奋斗与奋争，尤其是想改变祖祖辈辈没有吃上大白米饭的严酷现实。

一个生意人，假如做了亏本生意，他或许会上吊或跳河；

一个道貌岸然者，假如他的西洋镜被尴尬地戳穿了，他或许会扬长而去，从此江湖不相见；

山里人则不然，山里人把一条条生命甩在峭壁悬崖上，即使鲜血染红了百岳千峰，他们仍然不会轻易掉一滴泪、吱一声悔……

他们吃了亏，会把眼泪往肚子里流；他们损了劳与力，会默默地转过身子抹一把泪后，又笑着继续重新开始。

13年。20余里长。数不清用了多少劳动力，也记不住经历了多少个披星戴月的日子，草王坝人不能接受如此一场旷世之战，竟如黄粱一梦，一无所有——滴水未进村里的耕田和母亲煮饭的锅灶……

这是无法接受的现实。但又是必须接受的现实。

隧道打通的那一天，全村人曾在山头上摆起了一场空前的"盛宴"——他们把家里可以拿得出来的食物全都搬上了山，以此作为向山神和老天献出的贡品，摆在了山洞口的两头，然后全村人齐刷刷地肃立在大山边，等老辈子点响鞭炮之后，锣鼓齐鸣，载歌载舞，举行了声势浩大的庆典。

然而，庆典的锣声是以呜咽的悲剧曲调而告终的。

螺丝河的水，过不来。

王正明第一个过来向黄大发报告。

黄大发看了王正明一眼，眼睛转到徐国泰脸上，说，"你跑一趟看看！"

徐国泰气喘吁吁地回来又报告说，"水真的过不来。"

黄大发眼珠子瞪圆了，走到徐开伦面前，说，"你去！你去看看到底是怎么回事！"

徐开伦是可以信任的人，因为他是黄大发的小舅子。不信小舅子还能信谁？

徐开伦回来了，有气无力地跑到黄大发跟前，连抬眼的勇气都没有，他报告道，根本就过不来……

黄大发怒了！彻底地怒了，"你——你再给我说一遍！再说一遍！"

他的嗓门震得徐开伦的耳膜都快裂了，小舅子可不吃这一套，以同样分贝的声音回敬他,"不信你自己去看呀!靠这渠,那水真能流到咱草王坝的话,我就两脚倒立着走到遵义、走到贵阳去!"

"你——你见过遵义、贵阳是啥样啊?你知道遵义、贵阳在哪个方向啊?"黄大发疯了似的追着、喊着问徐开伦……追得徐开伦落荒而逃,追得工地上所有的人都满山逃,逃得一个也不剩!

"你们走啊!走!统统给我走!走!"

黄大发的嗓子哑了、喉咙破了,砸在石头上的拳头在不停地流血……后来他哭了,一个人对着大山哭了。

哭得大山跟着一起落泪。山神落泪的时候,遍体酥酥的,像被彻底抽走了精气神……

第三章

13年心血化为泡影

雨季到了。曾经热火朝天的山谷里，一下子变得冷冷清清，又恢复到往年、往日、往时的寂寞与沉静。

草王坝村的人，依旧上坡刨苞谷地里那些刨不完的硬土，捡路边一片片干裂的野竹枝，以及催赶躺在地上挪不动步的老水牛……

"哐当——哐当——"山里偶尔传来一些声响，但也格外凄然。

那"哐当——哐当——"的凄然声响，再也激不起草王坝人内心的躁动，他们知道：那是不甘心的黄大发在山里发出的绝望声。

黄大发确实在继续努力，不管别人如何嘲讽他，如何劝导他，他就是不肯相信这严酷的事实——螺丝河的水流不到草王坝，草王坝人依然吃不上大白米饭。

"我不信！我不信天上的神不下凡！不信地里的阎王不出门！"黄大发的大女儿在七岁那年，因长期营养不良而夭折，下葬那天，母亲徐开美伏在小棺材上哭得死去活来，但做父亲的黄大发竟然没有掉一滴眼泪，并且一直呆呆地站着，两眼一直呆呆地看着天、看着山，就是不看女儿，不看小棺材，只是嘴里不停地嘀咕着这三句话……

有人说黄大发的脑子被鬼灌进了水，也有人说他被失败的开山凿渠工程刺激到了神经，也就是说他这个人已经废了。

"我×你妈!"从不骂人的黄大发这一天被人彻底惹怒了。这天,去区委开干部会,在食堂吃饭时,有位邻村的年轻干部挨着坐在黄大发身边,他问,老哥,你是哪里的?

黄大发笑眯眯地说,野彪草王坝的,晓得不?

年轻人耸耸肩,说,晓得!草王坝很出名嘛!

黄大发觉得意外,新奇地问,啥出名了?

年轻人轻蔑地看了一眼黄大发,说,"你是那个大队的吧!你咋自己不晓得嘛!"

黄大发有些糊涂,真不晓得。

"哈哈哈,你莫非就是黄大发书记?"

黄大发忙点头,"是,是,我是黄大发。"

"黄书记就是你啊!久仰久仰!"年轻人更加轻蔑地看了看黄大发,说,"你老不晓得你咋出名呀?"

黄大发谦虚地摇摇头,"真不晓得。"

"哈哈哈……"年轻人笑得已经收不住了,说,"刚才我也是听大家在议论,说你带领村民用了13年时间——13年哪,硬生生地在山顶上修了一条20多里长的'石岩马路'哟!这还不出名呀!"

"你——你说话怎么这么损嘛!"黄大发勃然大怒,如果换在其他地方,他定会使出开山凿渠之力,将面前的饭桌掀个四脚朝天。但现在是在区委的食堂里,他强压心头之火,但仍然无法面对如此侮辱!

"你个乳毛还没有脱干净的娃儿,你凭啥说我们凿的水渠是石岩马路啊?你知道啥呀!"黄大发追着那个年轻人责问,他的嗓门震得整个食堂里所有吃饭的干部们面面相觑,不知所措。

黄大发一甩手,愤然离开了这里。他知道自己在这里再也无法待下去了,他甚至觉得整个世界都在嘲讽他、取笑他,嘲讽他黄大发做了件世界上最蠢的事——花费百姓一年又一年的辛劳与心血,结果弄出一条20多里长的没用的干渠道……

"我熊！我猪！我不是个玩意儿！"黄大发独自躲到大山深处的那条令他耻辱的石渠上，他捏紧拳头，咚咚咚地砸着石渠，恨不得将这弯弯扭扭、丑陋无比、不流一滴水的石渠砸个粉碎！但没有用。拳头砸青了，流血了，但石渠一动不动，甚至半点儿颜色都没改变。黄大发更是气不打一处来，一个箭步跃上渠堤，望向山谷——那是望不见底的幽深之处，只有飕飕冷风吹出。就你黑，就你阴，连你也咧着嘴在嘲笑我不是！黄大发气得想纵身一跃，与其拼个你死我活……

"不行，我死了他们就一直可以嘲笑我几百年！才不！我就要把石渠挖到底，挖到水通为止，挖到草王坝村人人都能吃上大白米饭为止！"黄大发猛然收住前倾的身子，自言自语道。

"我死了石渠就真完蛋了！我不死就有石渠通水的一天！"黄大发自己给自己打气。他相信当初给山神许的愿，这给山神许过的愿是不能随意收回的，给山神许下的愿就是命。"我黄大发这辈子的命就是为草王坝人修渠引水，就是为草王坝百姓谋幸福！命丢了，渠何来？"

"黄大发呀，黄大发，你身为共产党员，绝不能气馁，绝不能就此罢手放弃石渠，这样是对百姓失了信，对天、对山神失了信！不能！绝对不能！"

这一天，黄大发猛然醒悟。他竟然悲极喜来，扬起嗓子，一腔豪歌——

　　山来来个风凉凉哟，

　　风凉凉个天晴晴哟——

　　天晴晴个地青青哟，

　　地青青个就人来劲嗨——

回到家，黄大发啥话没说，卷起铺盖，又背上一袋苞谷，出门就要走。

"你干啥去？"妻子徐开美一把拦住他，问。

"上山去！"黄大发闷着头，瓮声瓮气地道。

"渠都停修了，你还去干啥？"

"谁说停修了？我没下令，谁敢说停修了？"黄大发的眼睛都瞪圆了。

"你还逞能！人家不是都下山了嘛！"妻子埋怨道。

"那也是暂时的。"黄大发终于把心里想的跟妻子解释道，"修渠是我的主张，我要负责到底。现在水没引到村里，也并不是说永远引不来，大家泄气，我能泄气吗？我再泄气这渠才真的没救了！"说着，他就出了家门，直奔山上。

"你——你个犟鬼！"妻子气得直跺脚。

重新上山的黄大发没法再像以往那样公开召集全村社员开大会，进行慷慨激昂的动员了，他只能借着一点儿"余威"，以强势的政治手段，把草王坝那些头上戴着"地富反坏"帽子的"四类"拉到山上，让他们继续对石渠进行修理、整治和开凿，以实现他的夙愿。

"村里的其他人都不上山了，凭啥还逼我们来卖苦力？"有人明里暗里嘀咕着。

黄大发就捡些石头，在渠壁上猛敲，然后说，"你们都听着，只要大家好好干，干出些名堂，下山后我就给你们摘帽子、说好话，争取把你们的名字从'四类分子'的名单上划去。"

众"妖魔鬼怪"们一听，连声称道"这个好，这个好"。于是，山谷间"叮当——叮当——"的声音断断续续地、不规则地响起，虽不雄壮，但能让人知道，黄大发的石渠还有人在修，草王坝人吃大白米饭的那点儿希望之火没有全灭。

"叮当！"

"叮当！"

"叮——"

并没有多久，人们发现山上的叮当声渐渐地消失了，到后来连一点儿声音都没有了。"这是怎么回事？不修了？黄大发这回歇菜了？"见"四类分子"们有气无力地从山上下来，有人便问。

那些"四类分子"只摇头，不说话，好像上了大当似的憋着气。

这回黄大发该死心了吧？若干天后，有人见黄大发独自在黄昏的时候，低着头回到了村里，跟谁也没搭话，就进了自己家的门。

"死心了！"杨春发等几个老辈子长叹一声道，"也真难为他了。草王坝活该吃不上大白米饭喽！"

"都是命啊！是命吗？草王坝人就该这样苦命吗？"夜里黄大发突然从床上直起身，拍着被子，连连大声惊叫着。

"你真疯啦？"妻子徐开美强行按下他，可黄大发噌地又竖起身子，而且干脆跳下床，赤着脚在屋子里一边转圈，一边喊着同样的话，"草王坝人就这命吗？就这命吗！"

妻子哭了，"你这是咋回事嘛？"

"咋回事？我咋回事？我黄大发咋回事？咋害了老百姓花了这么大的代价白修了一条废渠啊？咋回事？我咋回事？"

黄大发说着说着，又突然停住脚步，一把抓住妻子的两只胳膊，问，"开美，你说我是不是错在不懂技术上？是不是我的修渠主张没有错，错就错在不懂技术上啊？你说你说啊！"

妻子被他折腾得不知如何是好，只得连连点头，"是，是，你没有错，就是不懂技术，咱山里人连石头那么大的字都不认得几个，哪懂啥开山挖渠道的技术嘛！"

"对，不懂技术才犯了这么大的错！"黄大发突然又拍脑袋又拍大腿，转向妻子又将妻子一把抱起，"你支持我去学习技术吗？支持吗？"

妻子没有办法，说，"支持！一百个支持！"

黄大发高兴地说，好，"明天我就去学习技术。"

妻子惊得张大嘴巴不知如何是好，以为自己的丈夫真是疯了。

后来，黄大发真的去学习水利技术了。这也就有了前面讲到的他与1976年10月刚从大学校门出来的黄著文相识，并拉着黄著文去看草王坝的那条失败了的石渠的那一幕……

黄著文看完黄大发的水渠并提出的问题，对黄大发来说，既是致命性的，也是革命性的。说其"致命性"，是因为黄著文那时刚从大学里出来才一两个月，不会拐弯抹角地说话，直言你草王坝修的这条石渠根本就缺乏基本技术的支撑，除了从水源地到灌溉地的几十里长没有经过精细的测量勘察外，已经开凿的渠道又没有最基本的防渗材料护壁，所以不可能将螺丝河的水源引到草王坝。这等于从技术上给黄大发前面的修渠工作下了"死刑"判决。说其"革命性"，是因为它让永不甘心的黄大发明白了他的筑渠梦想并非空中楼阁，而是只要在技术上不出问题，只要掌握好防渗这一关，修渠引水并非"白日做梦"。

为了让草王坝村人吃上大白米饭，他坚定了还要继续修渠的想法！黄大发自从获得黄著文的"权威性"指点后，不仅没有放弃修渠的梦想，反而更加坚定了一定要把"天渠"修筑好，一定要把螺丝河那清凌凌的河水引进草王坝村来的想法！

"他？他的话还能信？"

"他黄大发，害得我们白吃了那么多的苦，还梦想着上山筑渠？"

"除非太阳打西边出来，不然我们不会再上山去冒傻了！"

百姓最实际。草王坝的村民心里掂量着：你黄大发书记的心是好的，但好心并没有好结果，反而害得我们吃尽苦头，这个赔本"买卖"一次可以，第二次再来一回，我们就不会再上当了。

"黄大发、黄支书，除非你能把筑渠挖道的那些技术门道弄懂了，不会再让我们白费力气了，我们说不准还会跟你上山'战天斗地'去。现在？现在门儿都没有，你别动员，就是动员了，用驴、用马拉我们，我们也不会跟你上山去挖渠的！"

村民们明确地告诉黄大发，"吃苞沙饭是咱山里人的命，我们认了！"

"行，你们认，可我不认！"黄大发又火了，说，"你们认吃苞沙饭的命，是因为你们不知道，也不懂得吃白米饭对草王坝的明天和年轻人意味着什么！我黄大发算啥？我吃了大半辈子苦，不是共产党解放新中国，我黄大发连吃苞沙饭的命都不会有。但共产党、毛主席让我们翻身做了主人，让我入了党，做了生产大队队长、支部书记，我不能没一点儿责任心、使命感，我心疼和不舍的是村里的女孩子一个个往外嫁，男娃们一个个都成了光棍！我不能再让这样的事继续下去！不能！"

黄大发越说声音越大，最后连嗓子都哑了，眼眶里的泪水哗哗地往下流——这可是他第一次当着村里人的面流泪，而且泪水竟然止不住地流。

没有人再与他争执和斗嘴了。黄大发说到了草王坝人最心痛的地方，说到了男人抬不起头、女人直不起身的痛处……

方才，还将他团团围住的村民们一个个默默地离他而去，空旷的晒场上就留下一个孤独的黄大发。他的个子本来就矮，斜阳照出的他的影子小得可怜，像根干了枝的半截树干。

"唉，怨我无能啊！"黄大发举起双手，打在自己的脑壳上，随后他蹲下身子，像一坨牛粪，十分不起眼——这是他人生最低谷的时期。

1976年到1989年，这13年，他仍是草王坝的村支书，但草王坝因为没有修渠这件事，大山深处的这个小山村几乎没有任何值得一说之事，或者说他黄大发当不当支书已无关紧要——换个人当无非也还是种苞谷、吃苞谷、拉苞谷渣渣屎，不会多出一样其他的什么事。

贫穷的草王坝依旧一成不变，毫无生机地苟存在大山深处。

13年啊，13年！黄大发面对大山，多少次举起双拳，仰天长啸！他恨不得将天打穿，问个究竟："13年，我黄大发带领村民上山风餐露宿、含辛茹苦、流血流汗，开山挖渠20多里，结果换来'水中捞月'一场空，伤透了全村人的心，可我黄大发何错之有？说我不懂技术蛮干，那你们懂技术的人又在何处？为何不来帮咱穷山沟里的人呢？说白了，还是因为我们大山深处每做成一件事都难哪！或许难就难在我们一无所有，或许难就难在我们一无所为，或许难就难在别人根本不想管、想管也不知如何管这样的尴尬处境……"

后来的 13 年，是黄大发最痛苦的 13 年。他从天不怕、地不怕的壮年岁月，走到了事事皆要左思右想、年过半百的沧桑年华。这 13 年里，虽然山上水渠工地上再也听不到叮当叮当的声响，再也见不到人声鼎沸的景象，但黄大发几乎隔几天都要往山上走一趟。每一次上山，他都要在废弃的水渠上走一遍，像关心自己的残疾儿子一般，明知残儿不能作为，却也不忍心丢下任其受欺凌与冷落。修筑 20 多里长的石渠虽然引不来水，却成了后来草王坝通向邻近几个村的山间马路——学生去上学走它，社员去开会走它，它成了一条方便群众进出山村的便道，甚至有些远道而来的客人会夜宿在黄大发他们凿修的隧道之中。黄大发看着不相识的人和着衣躺在隧道里，会赶紧抱来被子。那些外乡人好不感动，说，"你就是黄大发支书啊！你真是一个好人，看看你带领大伙凿的这条隧道，我们人生地不熟地来到这大山里，前不着村后不着店的，但躺在这隧道里是踏实的。谢谢你大发书记！"每每听到这样的话，黄大发既感动，又羞愧。感动的是，咱干部党员，做一点儿好事就有人念着；羞愧的是正事没办成，办砸了，老脸无处安放。

"唉——"长叹一声，蹲在石渠茬茬上的黄大发，面对大山，忍不住感叹人生百味。

"水有源，渠有头，水入渠道自然流，人有本领事不愁……""谁在说话？是妈吧？妈你再给发儿说一遍。快说，你刚才是说'水有源，渠有头，水入渠道自然流，人有本领事不愁'是不是？对的嘛，人要有本领，做啥事才不会愁嘛！妈你说得好，发儿晓得了！"晓得了！一日，黄大发正愣愣地坐在大岩石上发呆时，耳边突然听到一个熟悉而遥远的声音。他竖起耳朵听着，心想：这不是母亲的声音吗？母亲的在天之灵是在告诉自己的儿子应该做什么……黄大发突然感到浑身一激灵，立即从岩石上坐起，面对大山群峰群神，连连鞠躬叩首，谢指点迷津之恩。

| 第三章 |

"我一直认为我们的大山是有灵性的，它知道我们人类做的一切好事与坏事。"黄大发是共产党员，但同时他又生活在仡佬族人安居的大山里。他相信大山里的神是存在的，那是一种不可抗拒的力量与信仰。当干部的人也要尊重这种力量和信仰。

那天黄大发回到家，对妻子徐开美说，"我要出山学艺去！"

"你学啥艺嘛？"妻子问。

"到县上去学水利知识。"

听丈夫说这些，妻子便明白了，知道这件事自己拦不住了。可一想又问，"你是村支书，你走了村里的事谁来管呀？还是找个年轻一点儿的去学吧。"

"我都想过了，也想找个年轻一点儿的去学。可找谁呢？村里找不出几个比我文化高的人！你想想，咱草王坝如果再不把水的问题解决了，还有一点儿希望吗？"黄大发的脾气又上来了。

"晓得了晓得了，你去吧！去吧！"妻子知道自己的话没用，再怎么拦都是白费口舌。最后只好这样问他，"你今年多大？"

黄大发不解地问，"你这是啥意思？你年年给我过生日，我多大你不知？"

"我能不晓得吗？"妻子说，"你都54岁了！你想想你要把本事学到手，得费多长时间？"

黄大发交底了，"区里有个水利班，学习时间是3年。"

妻子说，"是啊，3年，3年回来你多大年岁了？"

"57嘛！"黄大发随口而说。

"是57岁嘛！离60岁差3年……"妻子长叹一声，"咱草王坝村这地方有句老话，说是'六十不死鬼来叫，七十不死棺材到'。你都这把年岁了，想想：即便你把本事全都学到了手，你还能用13年时间把渠道给通了？把水给引到村头来？"

黄大发听完妻子这番话，眼睛朝房屋顶瞅了瞅，说，"我给乡亲们、给草王坝许过诺，不信老天不开眼！不把螺丝河水引到草王坝来，不让大伙儿吃上大白米饭，我黄大发死不瞑目！"

妻子无奈地摇摇头，说，"瞅你这样，老天爷真该开眼呀！"

54岁的黄大发，背着简单的行李，出山去学水利知识了。这个消息又让草王坝人吃了一惊。他这一出乎意料的举动，似乎让村里埋怨他的那些人的怨气一下消除了。那天黄大发出山时，全村的男男女女竟然都站到了村口的那棵大树下，默默地前来为他送行。虽然没有一个人出来说一句话，但一双双目光里分明带着某种强烈的希望……

黄大发心头一股热流涌来，又差点儿掉下眼泪。他知道这是村民对他的信任，对他引水进村仍保有一份信心。

好好学吧！把黄著文说的"技术问题"弄清楚、学会了就回来再上山修渠去！那一天，54岁的黄大发像第一次出山上大学的小青年一样，胸中充满着激情和对未来的憧憬。

打第一次上山修渠以来就不显年轻的黄大发，这回一到水利学习班报到，那些同来学习的"学友"们便窃窃私语起来："草王坝咋来了个小老头？是来给我们做饭的吧？"

"做啥饭嘛！做饭有食堂的师傅。我是来学本事的！"黄大发有模有样地回敬道。

"嘻嘻嘻……他也是来学本事的！这下可好，我们就不用担心当'落后分子'了，有人给垫底！"

"想得美，老子就是要让你们当'落后分子'。"黄大发没有跟那帮年轻学友斗嘴，但心里就这么想。

区水利培训班上，黄大发创造了三个"最"：年纪最大，基础知识最差，学习最刻苦。

年龄是摆在那里的，但年龄对黄大发来说，既是劣势，也是优势。区水利培训班，解决的实际知识就是山区水库与水渠建设。要与山打交道，黄大发心里乐了：小崽子们，咱们在山里转，看谁虎谁猫，两条腿上见功夫！

一周下来，培训班里那些曾经嘲笑他的二三十岁的小伙子，一个个败下阵来。因为每次上山进山时，黄大发的腿上功夫就像山崖上的壁虎那么厉害，不说有飞檐走壁之功，也能一口气冲上几百米悬崖峭壁……基础知识差，反倒让黄大发在班上占了大便宜，老师一旦预留出提问的时间，他黄大发毫不客气，全"包"！

"大发同志，你不能这么干！"有人有意见了。

黄大发的脸皮很厚，说，"你跟我争啥？我都是黄土埋在脖子上的人了，学一天少一天，你们着啥急！你们再等13年，也不到我这个岁数嘛！"

班上的学员掐指头一算：还真是。于是大伙耸耸肩，悄悄避开老师，抽烟喝茶去了。

黄大发就这样在老师和专家面前吃了好些"独桌饭"。"在乡下，能吃'独桌饭'的都得是些德高望重的老辈子。"黄大发说。在3年的水利培训班学习中，他算是学员中的"老辈子"，因此有这样的待遇理所应当。

瞧他倚老卖老的得意劲儿！

面子上得意，底子上还得上劲。黄大发参加学习是想彻底解决他用13年的时间带领乡亲凿的那条水渠引不上水的技术问题。学习期间，他很快找到了症结：没有设计，不懂测绘，在科学面前，"土法上马"是容易出洋相的。还有，石渠的渗水现象，靠黄泥的黏性绝对解决不了。水泥和黄沙是基本材料，而使用水泥和黄沙也十分有讲究——掺和比例是关键。

"我们认识黄大发就是从这个班上开始的。那时我们就对他佩服得五体投地。他简直就是个怪物，小60岁的人了，却像个刚上学的娃儿，一听老师来讲课，他就冲在最前排，当然他个子最矮；老师一说谁有问题提，他又是冲在最前面，一提问题就没完，几乎大多数提问的环节都被他占了，我们对他有意见，他就笑笑，说下不为例。但下次他肯定又是这样，最后他冲我们抱歉地笑笑，说，

'你们都没有我脸皮厚。'上山到工地上实习，遇上悬崖险段，别人尽量往后躲，他又冲在最前面。有人劝他别逞能，他说不是他逞能，而是他年岁最大，一旦'光荣'了，大伙也会少些悲伤……一段时间下来，他黄大发就成了我们中间的神了。后来他成功地在山头上筑了条天渠，做了件惊天动地的事，在我们看来，那是必然的结果。"当年一起跟他学习的"老水利"们这样评价黄大发。

第四章

第四章

齐心协力，重修"大发渠"

采访中我发现，黄大发开山修渠的故事，从头到尾都充满了戏剧性。比如说黄大发学习完水利技术回到村里的那一年是 1990 年，贵州遵义地区出了奇：老天滴水不下，干旱时间长达 103 天。可怜的草王坝比贵州其他地方干旱的日子还要多些，别说苞谷旱得没收成，就是往日山上那些异常抗旱的树木，都像被大火掠过一般，叶落枝折，一片枯黄。到年关时，全村人个个饿得面黄肌瘦，男女老少都像泄了气的麻布袋，又糙又干瘪。这个时候，村里再次有人高喊，跟着黄大发，上山修渠去！

没有水，草王坝村就是四个字：早晚要灭！

"反正要灭，我看不如再上黄大发一次当也不算亏！"村里那些热血男儿开始蠢蠢欲动，再次把上山修渠的事提起。

"听说老支书学习回来了，走，去听听他的意见！"众人结伴向黄大发家走去。此时的黄大发被村里人习惯叫为"老支书"。这里有个原因：在黄大发修渠失利后的一次支部改选时，他被淘汰出局了一回。尽管时间不长，但毕竟"下过台"。当然后来大伙发现，这草王坝村除了黄大发，还没有一个人可以顶上这个位子。所以再度上台后，黄大发便被村里的人改口称呼为"老支书"了。

黄大发也够格称老了。从 1958 年他当大队长起，除了前三年是大队长，后来他一直是大队的党支部书记。

大旱年的冬天，黄大发学习归来，屁股还未坐热，当年同他一起"上刀山下火海"的徐开伦、夏时刚、黄大明等老伙计，还有张元华带的一批年轻人，纷纷来到他家，请愿重新上山去筑渠道。

"真心想？不怨我了？"黄大发坐在火炉前，不动声色地问大伙。

"没说的，肯定真心想！"

"没有啥怨你的！修渠是村里的事，成了是你老支书领导有方，不成的话该是全村人担着，你老支书不该负责任。"众人好像是统一口径一般回答黄大发。

"真不怨？"黄大发这回变聪明了，他有意追问大伙道。

"不怨。"

"真不该我负责任？"

"不该你一个人负责任。"

"呸！"突然，黄大发从小凳上站起来，气呼呼地在屋子里来回走着，并大声道，"不怨我是死人话，活人白干十几年说不怨是骗人！怨我才是真的，不怨是骗人！我不想听骗人的话，不想！"

黄大发的脖子青筋突起，两眼瞪得圆圆的，像是要看穿在场的每一个人的心。接着他回转话锋，问，"你们说不该我负责，谁说的？啊，你们谁说的？"

没有人敢再吱声。

"我不负责任，我不负责还有谁能负这个责任？"黄大发简直是在声嘶力竭地嚷着问，"十几年时间，让大伙儿上山吃尽苦头，结果像一阵风似的吹走了我们流的汗、流的血，我不负责谁负责？你们都给我听着——"

黄大发猛地又把声音拔高了一倍，说，"我若不负责，天地不容！天地不容！"

那一晚，草王坝的气氛非常压抑，又非常亢奋。压抑是因为黄大发的心思与村民们的心思产生了一定的差异。因为自第一次修渠失败后的十五六年来，村里多数人对黄大发一直处在埋怨和不太配合的状态，所以现在这些人内心多多少少感到自己对一心为公的黄大发有些愧疚。相反，黄大发此时的心态倒像明镜似的那么坦荡，尤其是这3年的学习和走出大山后在诸多水利工程上看到的一件件现实案例，他黄大发更觉得当年在没有多少准备和缺乏必要知识的条件下，仅凭一股热情而带领村民上山开山凿渠，是他犯了"革命的激进主义"与"机会冒险主义"错误，所以错在他黄大发，责任在他黄大发。村民怨得对，怨得越彻底，他黄大发越有改正错误的机会。

觉悟和理解，就是在这种时间与事物变化中相互催成的。

"既然你们大伙还有这份愿望，我打心里头喜滋滋的，也算我学了3年，没白白浪费。"黄大发招呼大伙坐下，然后他给炉膛里添了几块干柴，说，"如果你们不反对，我明儿就去趟区里，如果顺利，再往遵义走一趟。"

"干啥去？"有人问。

"这叫向领导汇报和请示。"黄大发解释道，"现在我知道了，像我们这样的水利工程，必须得报上级有关部门批准，批准了就可以立项，立项了就有可能获得上级的具体支持。"

"具体支持啥？"又有人问，"给钱吗？"

"一旦批准的话，当然给钱了！"黄大发肯定道。

"这么说来，这回我们上山修渠可以像城市人一样拿工资了？"有人伸长脖子问黄大发。

"真的假的？美得你！"众人对此议论热烈。

"你们想得美！"黄大发打断大伙儿的狂想，说，"上面能支持多少给我们草王坝，还是个'零'鸭蛋。你们别给我往没影的事去想啊！我上乡里、区里先走一趟，是希望他们在我们恢复上山挖渠的报告上盖个章，这样我才好上县里立项去。"

"去嘛，明天跟你一起去！"

"是上遵义？我们一起去。"

"老子生下来还没有出过这混球山呢，老支书明天你是坐驴车走，还是有人派飞机来接呀？"

有人一句玩笑话，把众人逗乐了。因为草王坝人清楚：驴车是出不了草王坝周边的大山的。这里的大山太陡，驴马上山，还不如步行。说派飞机来接，是句玩笑。草王坝人只见过一次飞机从自己的头上飞过，那是"文化大革命"时，据说是解放军为了备战而派出的测绘机飞越过一次草王坝村的上空。那已经是好多年前的事了，但草王坝没有一个人忘记这件事。

"尽想美事！"黄大发的嘴撇了一下，然后拍拍双腿，说，"就靠它！ 200多里路，愿意跟我走的，明天鸡鸣时就在村口等着。"

屋子里一下静了，只有几声哧哧窃笑，声音很小。

第二天早晨，风很大，天更冷了。妻子徐开美给丈夫装了十几包昨晚煮好的苞谷和十几个鸡蛋，算是这两天的口粮。"还带点儿水吗？"妻子问。

"不用了，下山还愁没水喝？"黄大发手提一个纸袋，肩上斜挎着一个军用书包，里面装了一份草王坝给乡、区和县里的关于修建水渠的报告，其他的便都是妻子给装的"口粮"。

"走了，早去早回。"他对妻子说。

"求人家办事，嘴别那么硬。"妻子说。

黄大发一笑，说，"这个我还不晓得？"

到了村口，黄大发往四周仔细瞅了一遍，除他自己外，没有一个人影。他摇摇头，心里说，"你们真要有人去，我还发愁呢！这一路上'口粮'不够不说，到了城里哪有钱给两个人住宿嘛！"

黄大发这回整整走了两天的时间，全是步行的。

200多里路。那个时候山路非常难走，不像现在有公路。今天的平正仡佬族自治乡党委书记告诉我，黄大发那年就是这样走出大山，先到了乡、区所在地盖好章后，又一直走到遵义城。这是1990年冬天的事。 1990年遵义县的草王坝一带依然是标准而典型的"大山深处"。没有去过"大山深处"的人并不会理解"大山深处"的真实含义。黄大发用两天时间走完200多里路程，后来水利局副局长黄著文看到黄大发的脚指头从解放鞋里露出来的情景，就是一种直观和形象的证明。要知道，黄大发是山里人，山里人走两天都是这个样，想象一下一般人走两天山路又该是啥样。

黄大发的精神感动了黄著文。黄著文又以自己的担当感动了局长，于是局长在会议上决定对黄大发他们的水渠工程实行"先测量规划，再视情况具体实施"的计划。很快，当时的遵义县水利局就派技术人员到草王坝进行实地勘测了。

负责人是时任水利局的技术骨干、在乌江乡挂职副乡长的张发奎。

"这个任务原来不是我的，是让局里的另外一名测量技术员王廷忠去的，但老王当时年岁已过50了，他是部队里搞测量的那种技术人员，并不是科班出身，所以有些担心拿不下草王坝的这个工程，最后局里才征求我的意见。正好我那段时间在乌江乡挂职，于是就答应了到草王坝那个水渠去完成勘察测量任务。"见到张发奎后，他向我解释了当时的情况。

张发奎现任播州区科技局副局长。去采访时他刚动完腰椎间盘突出手术，身子还不能坐直，是躺在办公室的沙发上接受我采访的。仅此一点，就叫我感动。

"其实草王坝的水渠工程，我们在县里早就听说过，接不接这任务，我也并非一下子就下定决心的。我被推荐后，当晚就给黄大发所在区的区长打了个电话，这个区长与我曾在一起开过会，算是熟人了。我就不客气地向他询问，希望他帮我把把脉。哪知这区长一听说是黄大发的水渠的事，马上这么说，'去啊！这人了不起，你得帮帮他！'区长都这么说了，我还有啥退路？去就去吧！"

张发奎是遵义本地人。要说黄大发搞水渠还真有些好命，比如他当年遇见公社书记徐开良，他遇到黄著文这样的开明水利局领导，后来他又遇见了水利局派来的测量技术员张发奎。

采访张发奎那天，我拐了许多弯才找到了他现在工作的所在地——播州区科技局。刚落座，张发奎就讲了一段有点儿像戏剧性电影的"镜头"。

"我跟黄大发认识是在1991年，我们再次相见是在25年后（2016年）区党代会上。区党代会期间的一天中午，我们都到食堂里吃饭。当时与我座位相隔五六米的地方坐着一位上了年岁的老同志，我看着眼熟，但一时又想不起。而这位老同志也似乎跟我一样，几次用眼睛瞟我，也不敢相认。"张发奎回忆说，"正在这个时候，平正仡佬族自治乡党委书记张文富端着饭碗在我们两个中间坐下，他看见我和那位老同志两相对视又不敢认的情形时，奇怪道，'你们两个还不认识？'张文富就对那老同志说，'你不知道他是张局长？'话还没说完，那位老同志站起身，冲向我，简直就是跳过来的。他指着我，突然喊出声来——张发奎！他这么一喊，我也就想起他是谁了，于是也从座位上跳了起来，说，'你是黄大发！'25年了！这就是我们再次见面的情景。"

张发奎说，"我对黄大发印象太深刻了，主要是因为他主持上马的水渠工程太不简单，是我这辈子遇到的最要命的山渠工程；另外黄大发这人太了不起。"张发奎一谈到水，他甚至艰难地从躺着的姿势侧坐起，动情地说，"你不知道，何作家，我小时候也是吃尽了没水的苦。我们家乡跟黄大发的草王坝差不多，从我记事起，一睁眼就是大山和石头，地少得很，哪怕石旮旯里的一撮土，父母都会十分珍惜地种上苞谷。夏天太阳一晒，不出三天，苞谷就枯了，农家人一年辛辛苦苦，流血流汗，到头来一无所有。我们跟草王坝隔着几座山，但情况差不多，蕨根成了主粮，我小时候啥都吃过，什么岩瓣花、枸皮籽、柴胡等，最绝望的一次是吃了灶星土，就是灶头里火烧过的泥巴……"

张发奎说他10岁那年，也就是1972年，这年遇大旱，家里人都跟着村里人上山去挖蕨根了，他负责下山背水，来回14公里，结果到那个叫渣口山岩洞背水时，光排队就排了十个小时。那一刻，张发奎在幼小的心灵里，就种下了为"水"而奋斗的人生目标。后来，这个贫苦的农家孩子，考上了贵州工学院水利水电工程建筑专业，如愿以偿地进入了"水"事业单位。

"我是吃了八个人的奶长大的苦孩子，所以黄大发他们草王坝想水想疯了的心情我是深有体会的，也是能理解的。"张发奎说，"但我不承想，他黄大发一大把年岁，竟然为了一条水渠，拼了几十年的命，也舍了自己家人的几条命……"张发奎说到这里眼眶竟然红了起来。他有些哽咽道，"你可能已经知道，他有个女儿年龄跟我差不多，就是在他黄大发搞水渠时，顾不上她而去世的。我为什么清清楚楚记着这件事呢？是因为我去草王坝测量的那些日子里，黄大发的这个女儿一直在生活上照顾我们。我们测量结束时，她特意要送我一双鞋垫，那是真正靠双手一针一针纳出来的呀！我看着那双不知道用了多少个日日夜夜纳出来的鞋垫，有些心疼，就推辞说不能拿。黄大发的姑娘当时就对我说，'你们要帮我们把水的问题解决了，我就一辈子幸福了！'她说这话后，我才收了她的鞋垫。后来我才知道黄大发的这个二姑娘病死了，才23岁……"

张发奎说他一直留着那双鞋垫，并且每每想起纳鞋垫的黄大发的二女儿时，总是十分悲切。这是后话。

张发奎接到任务后，便暂时放下手头乌江乡的工作，与王廷忠和杨林两位技术员一起前往草王坝。

"黄大发为立项，从草王坝靠两条腿跑到县城遵义。我们三个人到草王坝搞设计报告，虽然没靠两条腿跑，却也坐痛了屁股。远就不用说，毕竟我们是县里下去的干部，区里、乡里算是重视，先乘班车到枫香区所在地，又在枫香水利站找了辆顺路的小货车搭到干溪。从小货车上下来天就已经快黑了。"张发奎说，"就在我们着急时，发现有个人在路边东张西望，好像是在等什么人似的，一问，说是草王坝的村委会主任张元华，受黄大发委托，专门来接我们的。从干溪到草王坝，30余里，没有像样的路，尽是崎岖山道。张元华抱歉地告诉我们，只能趁'早'赶到草王坝才能就宿。我和王廷忠、杨林一商量，说就到草王坝再说吧。"

"这一走，就是四五个小时。到草王坝时，已经深夜，但黄大发和几个村干部一直站在村头等着我们。见我们到来的那一刻，黄大发小跑着奔到我们面前，一个劲地握着我们的手不放，连声说，'总算盼到你们啦！龙王菩萨这回真的来救我们啦！'天黑我看不到他的双眼，但能感觉到他很激动，因为握住我手的那双手一直在抖动。"张发奎说。

当晚张发奎等三人都住在黄大发家。"但我就没有看见黄大发一家人住在哪里，留下两张床，我和杨林睡一张床，王廷忠年纪大些，睡另一张床，黄大发一家不知住哪儿去了。"张发奎在接受我采访时这么说。

后来我问黄大发，希望他回忆下那天晚上的事。不想他对 26 年前的事记得一清二楚。他有些不好意思地说，"当晚我们一家人就凑合在另一间放苞谷和杂物的屋子里眯了一夜。因为当晚不知道县里的同志能不能赶到草王坝，心里是很盼他们来的，又不知能不能真的到来，所以没准备妥当。第二天，我就让家里人搭了个地铺，旁边放上火炉，以确保县里的专家在夜里暖和些。"

"黄家上上下下对我们照顾得特别周到。可就是没有像样的东西吃，用水更困难。"张发奎说，"我记得非常清楚，工作到第三天时，黄大发说要犒劳我们，做米饭给我们吃。我听后很高兴，因为前两天天天吃苞沙饭，吃得我嗓子直疼。但到了第三天我端起饭时，发现还是苞谷饭，但是那种没有苞谷芯的纯苞谷米做的饭。我一边吃着一边既感动又心酸，也知道了黄大发他为啥坚持要挖这条水渠……"张发奎说，他每每想起这些往事，就忍不住感到心酸。

此次测量设计，对草王坝水渠建设至关重要。张发奎等水利局的三位技术人员第一天在山上工作时，就发现了以往黄大发他们开凿的那条石渠的问题，凭目测造成了整个石渠的高差坡降不对，低位的水流无法往高处的水渠流淌；其次，为了避开悬崖，多绕 15 公里之远，造成即使水源地与渠道终点的落差处在同一平面上，也很难实现理想的径流速度，更何况由于缺少水泥等必要的防渗材料加固渠壁，干渠的命运无法避免。

当晚，张发奎和王廷忠等将问题亮给黄大发和村里的干部，大家总算明白了十几年白流血汗的根本原因。1976 年那回黄著文来时的诊断也基本跟张技术员他们是一致的。

"造成干渠的责任在我。"黄大发再次检讨。

"也不能全怪你们。二十几年前干这样的工程，就是县里的技术人员全都扑上来干这事，也未必能够保证水就能流到草王坝。再说你们是勒紧裤腰带在建这渠，老天都能说句公道话：责任不在你们，在于我们国家还很穷。就是现在，我们贵州还穷着呢！整个遵义能不能担起这么长的水渠工程，还另说呢！可你们在黄大发支书的带领下，二十几年前就在山顶上挖了那么长的渠道，我作为一名学水利的专业技术人员都不得不感动和佩服！真的，太佩服你们了！"张发奎的话让黄大发差点儿掉泪。

"张……张技术员，这个你就别讲了。现在根据你们的看法，我们这渠到底怎么个走法？"黄大发最想知道的是这个。

张发奎与王廷忠、杨林轻轻私语了几句，便说，"根据地形和螺丝河的水源径流与径流速度，我们认为这条水渠必须从几座悬崖上通过，这是捷径，也是最能确保水能流到草王坝的办法！"

"天，真要飞檐走壁了呀！"

"那几个崖，鸟都不敢飞，咱们的水渠能过得去吗？"

"要是再废了可就惨到家啦……"

村干部们一听，窃窃私语起来。

"静一静，听张技术员分析清楚嘛！"黄大发向大伙连连摆手。

张发奎说道："其一，从专业的角度来分析，我们最看重的是水源能不能保证充沛，这是根本。因为如果水源不充沛，即使渠道挑不出任何毛病，那它也是一条废渠。所以我们现在规划渠道，必须考虑水源的充沛性。新的方案将把水源地的取水处降下一些，以确保渠道修好后有足够的水引到我们草王坝。"

"这个理我们明白。"村干部们纷纷点头赞同。

"其二，走悬崖的话，渠道可以从主渠 15 公里多缩短到 7.2 公里，径流距离减少近一半，水流能够保持正常流速与流量。即使枯水和干旱期，也能保证有一定的水量流到草王坝……"

"这个太好了！"

"距离短了当然是好事。可要过几个悬崖恐怕难度更大。"

"对啊，过悬崖能保证测量准确吗？要再出现不准，可是冤死我们草王坝人了！"

"大伙的议论是有道理的，我来解释一下我们为什么选择了水渠要走悬崖以及如何确保从悬崖走的水渠方向不偏、落差不偏……"张发奎示意大家听他的解释，随后他如此这般地做了一番专业上的讲解，王廷忠和杨林也做了补充。

最后，黄大发出声了，"我听明白了！你们大伙儿还有啥问题可以向张技术员他们提出。"

"明白了，张技术员他们设计得非常有道理，每公里降落一米的坡度，这样水就哗哗地流到咱草王坝。因为以前咱挖的渠道就没这么细致过，所以才……"

"别再嚷嚷了！归正题！"黄大发抓起一块小石头，在木凳上猛敲了几下。他的脸上有些不快，因为他心里不愿老有人揭他的伤疤。

"你们都是村干部，黄大发书记也在场，如果今天你们认为我们的方案可行，从明天开始我们就按这个新思路开始测量绘图了。这事关系重大，必须你们拿主意。"张发奎说完，就把后面的事交给了黄大发。

"大家发表意见吧。"有了第一回的惨重失败教训，这回黄大发没有忘记"民主"。然而"民主"也并非所有时刻都能够立竿见影地产生效果，议而不决的事常有，担当便在这个时刻起了根本性的作用。

在沉默几分钟后，黄大发憋不住了，噌地从小凳子上站起，"说，大家不说，那就我决定了！这事就按张技术员他们的意见办，因为他们是专家，是内行的'菩萨'，我们过去失败，就是不懂技术、不懂科学，现在他们用技术和科学方法来给我们指明了一条道，我相信这是条阳光大道，所以我建议采取他们的方案……有反对意见的举手！"

"没有？没有就通过！"黄大发带头鼓掌。

"哗哗！"

"哗哗——"

不承想，在黄大发的屋子里掌声不绝，在他的屋子外面此刻也早已围聚了许多村民，他们也在等待这个对他们而言极其重要的时刻。这掌声证明了人心，证明了黄大发的决策得人心，证明了草王坝人已经从血的教训和再度的痛苦中解脱出来了，他们要重新振作精神，再干一番惊天动地的事！

这回他们有底气的是有上级派来的技术干部的支持，不会再犯上一次的那种盲目的瞎子摸大象的错误了!

"上悬崖测量可是危险活,谁报名明天跟张技术员他们一起上山去?"黄大发发令了。

"我去!"

"我也去!"

"怕啥?算我一个!"

报名的场面令黄大发激动,原以为还得靠他老将出马,不想张元华等年轻人纷纷报名要求出征。黄大发用眼神一清点,十多个青年中,多数是党员。他的脸上已经许久没有泛起红光了,这一夜他是真高兴,说,"就这么定了,明天由村委会主任张元华带着你们几位,跟着张技术员他们上山去!争取早日完成测量,早日重新开工修渠!"

"好嘞——又要上山修渠啦!"这一夜,草王坝再一次出现了久违的欢乐,特别是那些要上山的青年人,他们带给家人和邻居的欢乐,感染了许多家庭,以至于那些没有分配到上山任务的青年人和家属跑到黄大发家问为什么没把任务交给他们。

"急啥?修渠的战斗还没有正式打响,到时你们一个也少不了!等着吧,有你们干的呢!"黄大发挥挥手,假装生气的样子,其实心里乐开了花:村里人有这样的干劲,正是他求之不得的。

测绘战斗开始了!

张元华带领下的十多名经验丰富、年轻力壮的村民,领着张发奎等技术员向大山进发。他们翻山越岭,在引水渠的首尾两地开展高程定位,寻找和设置固定的基准点。这是决定整条水渠落差不出问题的关键。

"基准点相连,就是渠道线路的高度与走向。之前黄大发他们修筑的石渠引不上水,就是因为没有靠科学仪器确定基准点,而是只靠人的肉眼和几根竹竿来测定基准,这样的基准肯定有严重误差。我们当时的首要任务就是用比较科学准确的仪器来完成和确定渠道的基准点。"张发奎介绍道,"在平地和陡坡上完成与确定基准点比较容易，但在悬崖上就变得十分困难，弄不好还是会出现严重的误差，并最终导致渠道线路的水平不一致或者与实际所需的水平落差的要求不同，这样都会造成整个工程的极大浪费甚至报废。所以按照我们设想的方案，通往草王坝的水渠必须穿越几个悬崖。如何解决在飞鸟都难以停落的悬崖上确定基准点，一般我们采取的办法是在邻近的山头上架设仪器，再通过三角对称线来确定。这是理论上的技术原理，但在野外的实际地方工作，可就不是一两句话这么简单了！"

躺在沙发上接受采访的张发奎额上已经在滴汗……"先歇歇再说吧。"我劝他。

"没事没事。"他用胳膊支撑着翻了翻身子，接着给我讲述当年的情景——

"我们遇到悬崖时，就找个邻近的山峰，再架上测量仪，然后由张元华他们十几个村民举着标尺，相隔几十米一个点、一个点地连成线，直到在对面的悬崖上寻找并确定基准点……这个难度现在听起来好像并不大，可在野外现场，就是上刀山、下火海的滋味。别说其他的，光从这边山头到对面的山头，一上一下，就得花四五个小时！那都是些没有路的山岩，得披荆斩棘、飞檐走壁呀！我们看着张元华他们上来下去，直冒冷汗。"

测绘第一天没出事故。

第二天仍然平安无事。

上山测绘的技术员和辅助工作的村民们早出晚归。晚上回来的时候，黄大发要求留在村里的村民都要举着点燃的用柏香树皮做成的火把，上山去接测绘人员下山，并迎到他家。大家每天都要先总结汇报一下，然后等村民都回家了，张发奎、王廷忠、杨林三人就在黄大发家吃住。

"黄大发一家为了照顾我们，实在是尽自己所能。那时草王坝村太穷，作为村支书的黄大发家一点不比普通人家好，除了苞谷，基本上没啥其他的。连一杯像样的茶水都拿不出来，他和家人唯一能帮助我们的就是把那个地铺整理得干干净净、整整齐齐……"张发奎说。

第四章

艰巨的测绘工作到了上悬崖的关键时刻。第四天，张发奎他们的勘测到达第一个悬崖峰尖大土湾崖。整整一天，十几个人的心像吊在嗓子眼一般。还好，没出问题。

后一个是擦耳崖，俗称"削命崖"。"你们可要万万小心啊！"第五天上山时，黄大发站在山口，一再叮嘱张元华，要保护好张发奎他们三个技术员。

"请放心，支书，我们会用命护好他们的！"张元华说。

"你们的命也要完完整整的！"黄大发狠狠地瞪一眼张元华。

"明白！"

第五天，晚上归来时，黄大发带领举着火把的村民比平时多迎出3里路。看到所有外出的测绘人员一个不少地回来了，黄大发的脸上才露出了轻松的神态。

第六天，继续勘测擦耳崖。这一天，出事了……

首先是勘测的时间比平时长了两个多小时，还不见上山的人回来。黄大发一边拍着胸口，一边命令徐开伦等三位熟悉山路的村干部上去探情况。而徐开伦他们把上山的人迎回来时，情况与前几次大不一样：技术员王廷忠不是自己走下来的，是张元华等几个人抬下来的。

"怎么啦？王技术员摔伤了？摔在哪儿呀？"黄大发赶紧上前询问，又俯身去抚摸躺在滑竿上的王廷忠。

"他没有受伤。"张元华说。

"没有受伤他怎么在发抖？"黄大发不信，他的双手触摸到王廷忠的身子时，感到王技术员的身子冰冷，还在发抖。

"确实没有受伤。老书记……谢谢您。"王廷忠自己说话了。

"到底怎么回事？"进了屋，黄大发问张元华。

张元华如实汇报，"在擦耳崖测量最后100米时，张技术员说必须连续干完，否则明天再来又要花好几个小时。这样我们就决定把这段工做完再收工。当时干了一天的同志们都很累了，有几个人不太想攀来攀去的了。张技术员就自己摸黑上了70多度的陡坡，结果出事了，他从崖上滑了下去……"

"天哪，后来呢？"黄大发冒了一身冷汗。

"万幸，他滚了十几米后，正巧挂在一棵灌木树杈上面。张技术员右手死死抓住树干，左手捏紧记录本。后来我们几个就赶紧手连手、绳连绳地将悬在半空中的他救了上来……"

"你个龟儿子！张技术员要是有个三长两短，看我今天怎么个鞭你！"黄大发气得直跺脚！回头，他又跑到张发奎面前，又是亲昵地捧他脸，又是手忙脚乱地递烟倒酒，百般恭敬，恨不得挖心给对方看。

王技术员才有意思呢！张元华后来悄悄告诉黄大发，"张发奎技术员差点儿掉下悬崖后，另一位技术员王廷忠吓得下不了山啦！没办法，最后我们几个不得不临时弄了个滑竿，这样才把他抬下了山。嘻嘻……"

"臭小子，有啥好嘲笑人家的？叫你到个陌生地方，你不照样吓得屁滚尿流的！"黄大发随手捡起一根烟杆要敲张元华的脑壳。不过他没有忘给惊魂未定的王廷忠技术员端一碗姜汤：没事了，定定神。

张发奎在接受我采访时，讲到这一段故事时，突然脸色变得凝重，说，"二十五六年一转眼，当年与我一起去草王坝的王廷忠和杨林现在都不在了，都是六十刚出头就没了。唯独黄大发他们草王坝的水渠还一直在流淌着清泉，这也算是对老王、老杨他们的一份最好的纪念……"

"我们总共用了9天时间，把草王坝的水渠进行了全面的勘测。"张发奎说，"我从草王坝回到县城后，用了20多天时间，用铅笔和三角板，一笔一画地把'螺丝水引水工程'的描图、设计和制图全部做完，并将它交给了黄著文副局长。之后我又回到乌江乡去任职，后来我也一直没有管草王坝的事。但晓得黄大发把这渠干成功了，并且真的让草王坝人吃上了大白米饭，只是我一直没有去专门联系黄大发。"

这一段勘察测绘工作对草王坝的水渠工程至关重要。据黄著文回忆，"张发奎他们回到局里后，马上做了汇报。我印象很深的是，张发奎在说到黄大发这人时，连用了好几个'太了不起'。这些话对局里的决策起了很重要的作用。后来一匡算，工程所需经费约 30 多万元。如果是现在，即使像我们这样的小区小县，搞个水利工程就是拿出 3 个亿的经费也不是什么大事。可那个时候，30 万元就是大数额的钱了！县里无法承担，因为当时我们整个遵义县的水利经费一年才 26 万元，这 26 万元要管全县 140 个乡，草王坝才是其中一个乡中的一个村，所以会议上局长不敢轻易决定黄大发的项目上不上。"

"那并不是我们不支持黄大发，而是有些实际问题让我们非常为难：开展草王坝的螺丝河引水工程，花 30 多万元，只满足草王坝 1000 亩左右的水稻灌溉面积，相比之下有些得不偿失。一些条件比它好得多的水利工程，才给五六千元，就可以灌溉一两千亩地。黄大发的事当时我感觉挺叫人头疼的，不支持吧，实在无法向黄大发这样执着的老支书交代；要支持吧，有点举全县水利之力的嫌疑，弄不好会被人说闲话。这种僵持的情况被黄大发知道了，他一次次跑到城里来，把那双解放鞋跑穿了底，他又穿草鞋到我办公室，每次提起水渠工程，一双枯干的眼睛里都快要流泪了……我实在不忍见他这样，更不忍否定他的项目。他也去找我们的樊局长，弄得大家都很同情他。最后樊局长对我说，你想法帮帮他吧。这等于把螺丝河引水工程的项目能不能真正立项的决定权交给了我，你说这事……"黄著文尴尬地说。

看得出，黄大发的天渠能够有今天，还真是碰上了一群"菩萨"，黄著文当然是其中之一，且是大"菩萨"。

没有钱上马，工程是天方夜谭。黄著文看在黄大发的面子上，抽出时间跑了县里不下 10 个部门，最后的结果还算满意：财政局给 6 万元；另外的钱由计委部门从国家配套用于支持干旱地区的浇灌资金中解决，而这部分资金并非现金，是"以工代赈"方式支付给地方的。在黄著文的努力下，黄大发他们的螺丝河引水工程纳入县计委的这一国家"旱地浇灌"项目之中，其资金以实物抵结。计委最后批准给予草王坝此项目资金折合实物为 38 万斤玉米，即苞谷。

苞谷不是现钱，无法直接用于水渠工程款支付，黄著文又跑到粮食局和县委办公室，请求领导批准，让县粮食局接收这 38 万斤玉米，折合现金拨给草王坝水利工程。

事情还算顺利。玉米以每斤 0.5 元的价格由粮食局买下，但粮食局要收取每斤 0.03 元的手续费，这样到草王坝工程上的 38 万斤苞谷折合人民币 18 万元。加上水利局从县财政上拿到的 6 万元，共 24 万元。比匡算的少了些，但黄大发说，"村里的劳力全部为义务，有些工程还可以由村里承担。这样折算来折算去，25.3 万元成为基本预算款。可还缺 1.3 万元从何处拿？"

樊局长一锤定音：既然草王坝村是工程最后得利者，他们也不能全靠国家来支持，应该自己也要有一份承担和责任，剩下 1.3 万元由村里负责。

"这 1.3 万元该我们村里拿出来！"黄大发知道整个资金情况后，深受感动，连连在水利局领导面前点头保证。

"什么，又要我们拿钱来修渠？咱穷到这份上，哪来钱嘛！"

"是啊，谁知道还是不是像上次一样费尽心血，结果在云雾里筑了条'马路'……"

黄大发再次召开村民大会，这已经是时隔十几年后第一次召开与水渠相关的村民大会了。会议议程只有一个：全村人商量集资这 1.3 万元，且必须在明天中午 12 点前把 1.3 万元钱送到区政府，否则这个项目将泡汤——这是水利局樊局长亲口对黄大发说的："因为你这个项目，我们把全县一年的全部经费基本都给了你一个村，你们自己再不凑齐 1.3 万元，不要念我无情了，我得把钱收回来，其他 100 多个乡还等着这笔钱呢！"

这对黄大发来说，局长的话等于是最后通牒。

村民大会开得气氛紧张，黄大发先是在会上重复了重启引水工程的"伟大意义"。这一点似乎没人有异议，刚刚发生的大旱，已经让村里处在绝望的最后边缘。生活总得继续，孩子尚未长大，老人还在等着买棺材的钱呢！

可一听说又要交 1.3 万元保证金，村民们又炸锅了，"我们现在穷得连盐巴都买不起了，还拿啥交钱嘛！"

"我看这等于在鸡脚杆上刮油，拿我们穷村开涮！"

"就是！有啥可修的，还不是水中捞月，到头来又是一场空！我们再不吃那亏了！大伙说是不是？"说这话的人有些可恶，自己反对不算，竟然还鼓动别人来与黄大发对抗。

"又是他！看他那臭嘴！"年轻的村委主任张元华坐不住了，想站起来反驳，却被黄大发一把按在原地。

被张元华称为"臭嘴"的正是那个颇有资格的老辈子杨春发。面对这样的反对声，黄大发这回变得很淡定，他甚至当众大声对杨春发说，"老辈子你有啥意见尽管说来，也让大伙帮着一起分析分析。"

于是杨春发就干脆站了起来，冲着黄大发说，"明人做事不藏小九九。黄大发你第一次修渠时是不是我强烈反对过你？"

"没错。这事大伙都有印象，我更深刻。"黄大发面带笑容，点头道。

"结果白白折腾了一场，浪费了我们全村人十多年的汗水与心血！十多年哪！黄大发，你一个错误决策，多少人付出的汗水与心血哪！"杨春发说这话时，声泪俱下。

会场上顿时鸦雀无声。

"老辈子你说得没错。那一次我们流了十几年的汗水甚至是心血，但我们没有成功把水引到草王坝来，是我的错……我给全村人磕头。"黄大发话音未落，就要跪下，这时被旁边的张元华一把扶起，并低声道，"老支书，这又不是你的错，不能跪。"

黄大发的个子比张元华矮一截，被扶起后就根本无法双脚落地。

"这次修渠跟上次不一样了。这回政府给我们钱，有政府支持我们就不会失败了！"张元华大声替黄大发做了回答。

黄大发便没了再下跪的机会和理由了。

杨春发不依不饶，"既然是政府支持，那为啥还要我们出钱？"

"不是大多数的资金是政府出的嘛！我们全村才拿 1.3 万元做保证金嘛！"张元华说。

"保证金？保证啥？"杨春发不愧是村里的"智多星"，他与张元华一句顶一句，"噢，他们让我们交保证金，那我问一声，如果这回还引不来水，谁来给我们做保证？是政府，还是你张元华，还是又放空炮的你黄大发？"

"不像话！他又倚老卖老了！"

"是嘛，明明是找碴儿嘛！"

"他不愿交就让他以后别眼馋引进来的水！"

"对，他爱交不交。反正这回我们修定了渠道！"

老辈子的话过了头，反而让他成为会场上的"孤立派"。你一句，我一句，说得杨春发有些无地自容。但毕竟他是老辈子，不能丢这脸面，所以昂着脖子，坚持继续嚷嚷着他"不交"的理由。

黄大发不想把场面弄得太尴尬，于是他走到杨春发的面前，将一只手搭在对方的肩上。这两位同岁却隔着辈分的草王坝说话最有分量的"老哥们"，一起在草王坝快活了一个"甲子"，了解彼此。黄大发知道对方在村里的影响力，所以当众到杨春发面前请求支持，说，"老辈子啊，我当大队长、村支书几十年，每回选举你都是最支持我的，我心里最清楚。现在又到了关口上，你还得支持我这个支部书记，你可不能跟我唱反调呀！"

当时现场的群众都能听得出，这是黄大发在降低姿态，向老辈子求和。但没想到杨春发不仅不给面子，反而声调更高地冲着黄大发说，"啥唱反调啦？你黄大发大支部书记一个，啥时候你听我的一次意见？我今天就把话放在这里，如果你黄大发修成渠把水引来了，我杨春发用手板心煎鱼给你吃，我还买鞭炮给你放！"

这话说绝了！

这话让全村人要在草王坝的两位"高人"面前做选择了，是支持修渠还是反对修渠！

这话让身为村支部书记的黄大发没了退路。黄大发被激怒了，只见他转过身去，大步流星地走到台阶上，然后面对全村干部群众，气吞山河道，"修渠这事就定了！天大的事我黄大发担着！要是再引不上水，我黄大发愿被你们、愿被老天剐肉掏肺，在所不惜！"

但是现在——黄大发已经不是在说话了，而是在怒吼，"现在，你们都听着，明天上午 10 点之前，每家每户必须把该交的钱送到村委会！不要跟我说没有钱，没有钱你们就是砸锅卖铁也要把钱如数交上来！"

会场上再没有人吱声了。

黄大发的话还没有完，他的目光落在坐在前面的一排干部身上，"从现在起，你们跟我一起，一家一户地去催收，完不成任务拿你们是问！"

"散会！"

这样的会在草王坝可能是前所未有的，之前没有过，之后也没有。它开得有些悲壮，也很有火药味。许多村民至今还清楚地记得当时的情形。

黄大发自己回忆说，那时草王坝村到了关键的历史转折点上。任何动摇和犹豫，都可能让他这辈子真的就看不到吃大白米饭的日子了……那这辈子真是彻底完了！

草王坝真的太穷了！杨春发的怨言不是一点道理都没有。全村上千号人凑 1.3 万元有困难？真是有困难。黄大发说，摊在他头上的份额应该是 200 元。家里 200 元本来是用作嫁女儿，放在彬彩那里的。那晚女儿看父亲长吁短叹，便从枕头底下把钱拿了出来。黄大发对女儿说，"等通水后家里种上水稻换成钱，头一笔就还你。"女儿苦笑着，说，"爸你只管拿去用，我啥都不想，就想螺丝河的清水进村后，干干净净洗回身子……""晓得晓得。"黄大发接过女儿这钱时，眼里闪着泪花，一个劲地点头，"行行，爸爸知道你的心思。"

这一天、这一夜的草王坝村没有哪家是宁静的，几乎家家户户都在翻箱倒柜，寻找能换钱和抵现钱的东西。大家知道，这回黄大发支书要求"凑"的钱，关系到草王坝每家每户每个未来的日子，甚至是子孙万代的大事。谁耽误了这事，罪孽深重啊！

"喏，这是我家的那份钱。"让黄大发感动的是，头一个交来钱的竟是"反对派"杨春发。

"老辈子，我知道你会支持我的！支持咱把水引进村来的……"黄大发真的想给杨春发磕头。

"别别，使不得使不得！"杨春发赶紧扶起黄大发，随后说，"大发啊，我不是不支持你，而实在是这个地方心疼你啊！"杨春发用手指戳戳胸口。

"我在想，上回你千辛万苦，领着咱干了十几年，结果呢？滴水未流进村里来，人家怨你，不再听你指挥了，有的还恨不得吃了你。你为啥？你求啥？没几个真心知道你想的嘛！一回输了，也就过去了。可今天你又要重提修渠……你也不想想，咱俩都多大年岁了？是当年一二十岁的年龄吗？不是，我们现在都快60岁的人了！黄土已经埋到脖子上了！想一想，如果你再输了，还能活得下去吗？我是担心你我再修水渠的话，弄不好渠还没修好，我们就已经见阎王去了呀！你说我这是反对你还是支持你嘛！"

杨春发说这话时，已经老泪纵横、泣不成声。

"是、是，老辈子你的心其实是菩萨心啊！"黄大发忍不住也跟着落泪起来，说，"可你也想一想，咱草王坝缺水没水的日子多少年了？是祖祖辈辈的事了吧？祖祖辈辈为啥没有解决这水的事呢？就是因为没有人出来挑头做这事，所以只能吃苞沙饭，一辈又一辈地吃，吃得女娃娃们都远走高飞了，只剩下一代又一代的光棍，这光棍可是不下蛋的公鸡呀，老辈子，这样下去草王坝还用得了几代人就灭了？想想这些，看看现在，如果不是共产党，如果不是人民政府支持我们，我黄大发有再大的本事也不敢、也不想去做这事了！这是实话。第一次失败是我太主观、太盲目了，你老辈子不止一次批评训斥我，我全接受。但这回不一样了，这回我们的项目是在县里立了项的，也就是说，十有八九有希望了，剩下一点儿困难，我们村里确实也该担着点，毕竟水渠是我们草王坝村的事，国家和我们贵州还不富，我们自己的事自己不担着点，你说这说得过去吗？"

杨春发终于点头了，"大发啊，我现在想通了。你的考虑和坚持是对的。草王坝再不修渠就是死路一条,要是在我们这一代人手上村子灭了,那我跟你也没办法到祖上去报到。为了这,我也应该支持你。以后我不当'反对派'了,你只管放心干吧!"

"不行啊老辈子,这个我不同意。"黄大发很认真地说,"你这个'反对派'必须当下去!"

杨春发瞪大眼睛,不解地说,"你黄大发是不原谅我?"

"哈哈哈……"黄大发笑了,说,"你是村里有名的'智多星',你当'反对派',可以帮我纠正工作中的错误嘛!"

"这小子,鬼心眼就是比我多!"

杨春发和黄大发彻底和解了,这在草王坝村是件值得开怀大笑的事。常言道,一山难容二虎。草王坝村多少年来,黄大发和杨春发便是村里的两只"虎",尤其是黄大发当了村里的"一把手",且一当就是几十年,很多时候杨春发是不服气的,但又无奈,人家是党员,又干得不差,在群众中威信高,硬扳扳不倒,所以杨春发就只能"找碴"。其实这位与黄大发同龄的老辈子,对黄大发打心眼里是佩服的,但人都纠结面子上的问题,杨春发就是为了在村民中不输掉自己的威望,于是就跟黄大发在修渠这事上较了不短时间的劲。这回两人的和解,对草王坝来说,确实是件幸事。

不到第二天中午,要向水利局交的1.3万元"保证金"便收齐了。黄大发手捧着冒着热气和有着汗渍的钞票,热泪盈眶。他当场向村民们立下军令状:乡亲们,我黄大发这回要用党籍向大家保证,就是拼了这条老命也要带领大家把渠修成,把水引到咱村里来。修不成功,水再不进村里,我黄大发的名字就倒过来写!也甘愿把这条老命交给大家处置!

说完,他命令张元华和会计立即将收缴的钱带在身上,"急行军"数十里,按时送到了区所在地的水利站。

当晚,张元华从区里回来,立即向黄大发报告了交钱的情况,说分秒没有耽误。

"好好好!"黄大发连说三声"好",然后对村干部说,"现在万事俱备,只欠东风，大伙回去把钢钎磨磨利，把攀崖的绳子拧拧结实，准备上山！"

好，准备上山！草王坝群情振奋，摩拳擦掌，只等一声令下。

其实，黄大发和草王坝人并不知道，即便到了此时，他们的引水工程在"上面"还是没有真正落定敲实。尤其是在县水利局内部，几位局长都对黄大发的水渠工程存有极大的疑虑。樊局长几次把黄著文叫到办公室，连续几次这样询问，"你再跟我说一遍，到底这个工程会不会打水漂？"

"不会。"黄著文每次都这样表态。

"不会最好！万一打了水漂，那你我实在是担当不起呀！"

"局长，这样吧，这草王坝的工程由我具体负责，但我不可能一直在那里盯着，我有个请求……"黄著文觉得自己已经没有退路了。

"说，快说。"

"我手下得有个得力的人，他可以在工程现场一直盯着，这样可以保证万无一失。"黄著文说。

"好。派谁呢？"

"我看局里培养的黄文斗行，他责任心强，技术也不错。"

"他可是个聘用技术人员呀！行吗他？"

"行。我对他了解。"

"那就他吧！"一直到这个时候，黄大发的引水工程项目才正式发文批准。

"后来有人说这项目叫'三黄工程'，因为我姓黄，黄大发姓黄，现场技术指导黄文斗也姓黄，真是巧了！但螺丝河引水工程真正姓的黄应该是他黄大发的黄，而且工程也没有'黄'掉……"黄著文在我采访他时说了这句话。最后又说，"黄文斗也死了，前两年死的，他在这个工程现场待了整整两年。我们水利局有五名技术人员与黄大发的引水工程有过交集，现在三人已经不在世了，他们去世时的年龄平均还不到60岁。但能让他们欣慰的是，现在'大发渠'的名声越来越大了，这得归功于黄大发。"

第五章

第五章

要渠，不要命

1992年，对中国人来说，是个有故事的年份。因为在这一年，中国改革开放的总设计师邓小平走出京城，到了南方视察，并发表了影响整个中国几十年发展进程的"南方谈话"。之后的中国，如沐春风，一片万物复苏之景象，到处生机勃勃……

1992年的贵州山区，其实还处在极其闭塞和落后的状态，外面的世界对这些地方而言，仍然是遥远而不可及的"童话世界"。

1992年的草王坝，更是封闭、落后，甚至有些与世隔绝。当时贵州遵义草王坝的村民们，还在为能吃上大白米饭而矢志上山浴血奋斗呢！

1992年的黄大发并不知道，北京的共产党领袖们正在酝酿一场更加波澜壮阔的改革大潮。那时的草王坝还没有电视，也没有电话，连广播也没有，黄大发手上有一本《毛主席语录》，还有就是已经在他心头熟烂了的入党誓词。毛主席说的话和入党誓词，黄大发多数能倒背如流，但最重要的两句话他一直放在胸口上，一句是"共产党员要为实现共产主义奋斗终身"，另一句是"全心全意为人民服务"。合在一起，在现实中，他要做到的就是让草王坝人吃上大白米饭。吃上大白米饭，就得靠上山筑渠引水……这是黄大发的信念与理想，也是他当支书的"第一要务"。那个时候，人们还不会说"第一要务"这种话，只是黄大发心头压着这样一件"头等大事"。

确实是头等大事。天塌下来，最多脑壳破了流点血，但草王坝没有水的日子是要命和短命的日子，解决水源问题是百姓甩掉贫困帽子的必经之路。黄大发认准了这个方向，矢志不移。杨春发说得对，他黄大发再披战袍上阵开山辟岩筑水渠时，已经是吃尽人间辛酸苦辣、根根筋骨弯折数遍的60多岁的老汉了，但没有一个人能挡住他前行的脚步，他事无巨细地管理与指挥着整个筑渠工程的每一个环节。

许多事如果按照今天的市场价值和劳动标准来看，你无法想象黄大发是如何运筹与管理着这样一个几乎一无所有的水利工程的。

上山劳动再苦再累、再险再难，一律没有报酬，所有上山投入开山辟道的劳动，都是义务与公益的。你不用喊吃亏还是占便宜，因为在这个水利工程上干活的人，除了那个县里派来的监督工程质量的黄文斗，其余人员一律是志愿劳动——像第一次上山筑渠的战斗一样，按全村每家每户的土改水稻田面积决定你该完成多少工程。提前完成和保质保量完成者，依然没有任何报酬，只有继续挥汗帮助那些家中劳力少的和老弱病残者。黄大发与其他干部更不用说，他们除了干好干完自己家的那份活外，更多的精力和时间是指挥协调整个工程的进度，还有安全、要求与每个细节。 1992年时的草王坝是个什么样，到目前为止还没发现一张照片留存、一段文字记录过；1992年再建设水利工程的黄大发是个什么样，我们更无任何影像与照片可看。1992年的草王坝经历了一场有史以来的惊天大事——从螺丝河直通草王坝的7.2公里长的水渠，将穿越数座悬崖峭壁，如一道映照天际的长虹，划破仡佬族人居住的沉默大山，成为镌刻在名城遵义历史上的又一部光辉史诗。

依然叫人不可思议的是黄大发此次再上大山深处筑渠，同30年前的那次一样，没有一张照片，没有一段公开的媒体文字作为记录与记述，就如秋叶落地一般，轻轻地流逝于时间的长河之中，无影无踪。唯有那些山的躯体上留有记忆——石渠的痕印。

在采访的时间里，我细细观察了如今被百姓称为"大发渠"的石渠，除张发奎他们完成的勘察测量的设计工作之外，在实际施工时至少要完成炸山、搬运石块、凿垒渠道、砌壁防渗几大步骤，而所有这些貌似简单的工作对悬在高山峭壁崖谷上的黄大发他们来说，每向前延伸一米，都是一场惊心动魄的生死之战。

我们先来看看炸山——

"轰隆隆——"

"轰隆、轰隆——"

这是炸山的声音。一次炸山的声音可以让太阳山、太阴山和整个野彪乡的山脉都产生回响，也就是说这方圆十里的人都可以听到黄大发他们在山上开山筑渠的每一次炸山的爆破声。

那炸山的声音，最初听上去像是一阵闷雷声，然后是大山发出的一连串回声，回声虽不如闷雷脆响，但其隆隆不绝的声响，给人的心理感受是可怕的，因为这种声音会酥碎人的神经，听多了会感觉大地在颤抖，大山在摇晃……

从螺丝河到草王坝的直线距离也就7.2公里，但绕山而行的水渠线却足足多出了7.8公里，这中间隔着几座大山，有十几个峰。黄大发他们的开山筑渠施工就在这中间展开。

炸山是第一场战斗。

那些日子里，爆炸声是草王坝人最想听到的声音，又是草王坝人最怕听到的声音。草王坝的一位老人如此对我说："六几年到七几年的那十几年时间里（他说的是20世纪60年代至70年代），黄大发带领村里人上山挖渠，每天都有轰隆声，那时我们一点儿都不怕，因为我们等水的心情比啥都迫切，不知困难，不怕死亡，只一心想把螺丝河水引到村里来。后来失败了，失败了再听炸山声就感到心里发闷，闷得有点胸口疼。唉，说老实话，百姓对自己流些汗、淌几摊血也不太在乎，在乎的是我们会不会再白干！其实白干也没啥了不起的，咱农民，咱山里人，白干的事还少吗？下了一场雨，我们赶紧栽种禾苗，结果一个来月，老天滴水未下，所有的禾苗成了一把燃不着的枯草；春天来了，全村人忙着整坡地，一场山洪下来，一转眼又啥都没了，连石头都滚到了山下……白干，几乎是山里人的家常便饭。但这还不是问题的根本，根本的是像我们草王坝已经没了像样的男人了。不是说我们没有男人，而是我们的男人没有女人在身边。仅有的几个女人除了等着进棺材的老太太，就是几个老男人的老伴和光棍们的母亲了。她们都因为上要伺候公公婆婆，下要照顾一个个光棍的孩子和老去的丈夫，又因为缺水，没有水的滋润，成了老枯枝，皮肤老得如树皮，所以她们的女儿不可能再留在草王坝，因为她们看穿了在草王坝做母亲、做女人的命运。而缺了女人和没有女人的草王坝，男人们就成了一个个没尝过腥味的、无精打采的老王八——邻乡的人就这么骂我们草王坝的男人。"

"但草王坝的人最怕的还并不是这个，最怕的是草王坝有一天连光棍都少了、没了。"老人闭目低语，像尊泥塑。他的嘴里仍在嘀咕着——

开山挖渠，村里的光棍们一时成了香饽饽，因为他们不用回家给婆娘暖被窝。黄大发动员男人们上山挖渠对草王坝来说，应该是可以保证最高的出勤率的，因为我们的劳动力里多数是光棍和老男人们。男人们有的是力气，只是需要用在合适的地方。上山挖渠是个值得卖力气的好事情，因为男人们想的是有朝一日把清清的泉水引到村里后，等地里的水稻熟了，再产出大米，就可以蒸香喷喷的大白米饭了。那个时候，邻村的女人就会跑到咱草王坝村来，咱草王坝的男人就是世界上最棒的男人。草王坝的男人们其实愿意跟着黄大发上山，那山上可以撒野，可以跟大山、可以跟山里的野猪野驴撒野，甚至可以跟自己撒野。男人们在工地上，几百号人在一起，不像在村里时各家各户，躲在大山的弯弯角角、边边缘缘，有时几个月谁也不见谁，就是你死去了十天八天，如果不发丧，估计也没有人知道你是活着还是死了。没有了集体劳动的时候，山里人就像荒坡上的野花，艳了还是衰了，都不会有人关注和在乎你。上山挖渠，几百人在一起抡锤挥钎，比试高低，男人们就爱显耀自己的力量和勇气，所以苦和累成了次要，每天干劲冲天，梦里打呼噜都在喊"我要当第一"。开山辟路，男人们就爱干这样的事，就爱在这样的地方显示自己的肌肉与豪气。家里的女人们也愿意男人们上山，男人上山后女人就可以跟着上山。上山的女人才叫女人，因为出门的女人才可以装扮一下自己，装扮了的女人才像女人。有了女人的山上才有了真正的欢乐和笑意，女人们走山路是摇晃着身子在走，摇晃着身子的女人才叫女人。男人们看着摇晃着小蛮腰的女人走路，才更愿使尽浑身的力气，因为他们要让那些摇晃着身子的女人知道谁是男人中的男人……

山上的男人和上山的女人是草王坝人最出彩、最有生机的人。筑渠引水，让草王坝人重新有了做人的尊严和做人的意义。老人说这是黄大发的本事所在，也是他为什么能通过修渠引水这件事让全村人劲往一处使、心往一处想，因为草王坝人实在不想过没有水的日子了。

但现在草王坝的人都有些害怕上山了，因为十几年上山挖渠没成，黄大发筑渠的事把大家弄怕了。"十几年哪！大伙流了多少汗？吃了多少苦？虽然没有算过这笔账，但我们这些弯了的腰杆、蜷曲的手指，还都记得那些年里上山吃的苦和受的累。老人弓着九十度的腰，伸出无法直挺的十指，告诉我当年他们在冰天雪地里用双手扳动石块的筑渠生涯……"

"有时候我们连苞谷秆都吃不上了，满山的树皮能啃的都啃光了，剩下的草根都被当作佳肴，还只有在炸大石头的紧张劳动后才能吃到。"老乡张开嘴巴，让我看一腔早已脱落了牙齿的牙根肉，那是一圈紫黑色的"U"形牙床，肉根是塌陷的，看上去很可怕。老人说，"都是那段时间留下的苦根，吃不饱肚子，还要干要命的活。"

"全凭了一腔想吃到大白米饭的信心。几百年没有吃上大白米饭的草王坝人，其实都是些有信仰的人。"老人这样总结道。

"轰隆隆——"

"轰隆！轰隆——"

"轰隆隆！轰隆隆——"

山上的爆炸声，以前所未有的声势向世人再一次宣言：草王坝的水渠又要开凿了！

这黄大发真是个人物，他人不死，开山筑渠的心也不死啊！大山深处七邻八乡的人都在这样议论黄大发，议论他的水渠。30多年了，草王坝人再次成为人们议论的对象。

　　30多年了，黄大发从一个16岁的愣头毛小伙，变成快60岁的小老头，风雨交加，岁月磨人，山头的老树几多折枝残断，但人们发现，一上山的黄大发，依然双脚生风，抡起大锤，双臂仍然有力如初。

　　"老伯，这里有我呢！你在一边指挥就是了，快躲躲吧！"

　　26岁的村委会主任张元华，是前几个月才被选举上来的年轻干部，这回被任命为引水工程的前线指挥长。第一天放炮的当口，张元华发现老支书黄大发不知什么时候也出现在了炮眼跟前，便赶紧掩护他后撤。

　　"小子，你甭担心你老伯。我的命硬着呢！再说，这回炸山，我不到现场瞅两眼，哪能放得下心嘛！"黄大发双手叉腰，昂着头，左右环顾一串刚刚凿好的炮眼，对张元华说，"你现在是现场指挥长，要特别注意布置好几个关键环节，一是清点好炮眼数，二是记住炸山炮的响声，两者数字对得上时证明爆炸全部成功，没有隐患。如果两者数字不对，就要一一排查。排查时绝不能找两个人，只能是一个人，这时人越少越好，因为要以防万一。谁去呢？当然是我们当干部的，做指挥长的。"

　　"记住了吗？"黄大发说完后用锐利的目光死死地盯着张元华。

　　"记住了！你放心，肯定我上。"张元华说。

　　"好样的小子！"黄大发满意地点点头，又说，"如果心里有些嘀咕时，你马上叫我，听明白了吗？老伯毕竟比你大几轮呢……"

　　"嗯。"张元华感激地点头，眼眶有些发红。

　　黄大发将右手重重地搁在26岁的年轻村委会主任肩上，颇为感慨地说了一句，"第一次上山炸山挖渠时，我也是你这个年岁……"

　　懂行的人都知道，炸山前需要有两个重要的步骤：一是凿炮眼，二是装炸药。凿炮眼，要的是力气，但光有力气也不行，尤其是在悬崖上凿炮眼，需要在人的身上系上一根绳子，把人吊在半空，此时这个人再用左右臂膀抡锤凿洞，力气和技巧必须统一协调，才可能将一串串炮眼凿好。这样的炮眼，凿一个就可能用一个小时甚至两个小时才能完成。许多人不是因为体力支撑不住，就是因为半空中的身子不停地摇晃而被石头撞得头破血流，浑身青一块紫一块，伤痕累累。难免有些年轻人紧张和害怕。黄大发知道了，便带着徐开伦、杨春友和黄大明几位"老把式"，干在了前头——

  一二三！哎哟嘿！
  拿稳钎，抡准锤！
  四五六，加油干！
  加油干个抡准锤！
  抡准锤个拿稳钎！
  拿稳钎个凿炮眼哟嘿！

开山的铁锤击打着岩石，劳动的号子在大山里回荡。有人曾说过，要看世界上劳动最有热情的人群，唯在中国；要看中国劳动热情最高涨的时代，唯在20世纪50年代至60年代。黄大发第一次领着村民们凿山筑渠的那种干劲，可以说是中国式劳动的杰出典型场面。但相对于六七十年代的那场开山筑渠战斗，90年代的这场再度开山筑渠的施工现场，你看到更多的是草王坝人更有目的、更有方向的劳动激情。

黄大发一到劳动现场，你很难想象他是一个快年过花甲的老人，因为他的个子不高，因为他的身板总是挺得直直的，因为他骨子里有股不屈的精气神儿，又因为他看起来总是风尘仆仆的，所以工地上的黄大发永远像一个愣头小伙子，什么事总冲在前头。炸山前的放雷管和点爆是很危险和很关键的事，早年这些事都是他黄大发亲自干，绝不允许别人碰。为什么？有人不服，非要替他。黄大发就急，说，"把你炸死了我向谁交代？"别人就跟他横，反问他，"那你炸死了谁向你交代？"黄大发便拿出一个小红本，有些骄傲地扬扬，说，"我有组织，有党啊！你们谁入了党，就能与我有一样的资格。"当年第一回开山筑渠时，黄大发就这样吸收了一批骨干分子入了党。这回第二次与"大山决战"——动员大会上，黄大发也这么说过，他黄大发依然用上了这一招：火线入党。村委会主任张元华就是一例。这个小伙子有些文化，人正直又实在，也舍得为他人做事出力。黄大发看中了他，便着意培养他。1992年初的村委会选举前，黄大发介绍小伙子入了党，后来张元华又被推荐并被选举为新一届草王坝村村委会主任。新的开山筑渠战斗打响后，村里成立了"八人指挥部"，黄大发任总指挥，张元华任施工现场指挥长，另有六人，分别是会计保管员黄大明和各路负责人杨春友、孙开成、徐国泰、夏时刚、杨洪伦。炸山前的放置雷管和引爆是非常危险的工序，这回由张元华负责。但在点爆前，黄大发必到。

"老支书，我的腿脚比你灵便些，这里的事由我负责，你就尽管放心。"张元华看见满头白发的黄大发仍然在山崖上爬来爬去，不忍心地劝道。

黄大发摆摆手，说，"这里的活不仅是靠腿脚灵便，更多的是要靠心细和脑子清醒。"

我在北京看他的事迹材料时，就想着见面时一定要好好问一问黄大发这个"不解之谜"。

黄大发听了我的问题后，竟然轻松地微微一笑，说，"真的可能是我的命硬，几次都没让我死成……"

"我说有几次快'碰鬼'了。一次是在点炮时，我发现少响了一眼炮，后来检查时就是查不出来。炸药眼响了后再去检查是最危险的事，一般情况下，我不会让别人去检查的，都是自己去的。这次也是，明明点火的时候是21眼，可响的时候只响了20响，还有一响查不出来。（最后查到时已经超出了规定的时间，也就是说其他爆炸点都响过十来分钟后，你才能去检查那些没有响的炸眼点，早了不行，太晚了也不成，必须在一定的时间限度内去检查。）那次我也是按照限定时间去检查的，在我一个个检查完那些已爆点后，刚走出来不到10米时，突然身后发出异常声音，我知道是'后生炮'——我们称那些晚爆的眼点叫后生炮——快要炸了，我下意识地就用眨眼的工夫一个'驴打滚'，躲藏到一块岩石后面，又用背篼套在头上，那背篼刚套上脑壳，炮眼就轰隆一声炸开了……我的头上、身上至少落了十几块飞石，好在背篼保护了我的头才没受啥大伤。这样的事我遇上过好几回。有一次爆完炸药的炸眼点后，我觉得还有一眼没响，可怎么检查就是发现不了。后来我发现，是自己把一处残眼点也列在了放炸药的爆眼点之中。有了这几回有惊无险的经历后，我就把这项最危险的工作揽在自己手上，也就是说只能由我来做。而且在数爆炸眼和数爆炸声响这个环节上，不能仅凭一个人的工作仔细和现场清点的记录，因为一个人再精细和认真，总有'万中漏一'的情况发生。后来我就在这些环节上安排了至少三个人一起来完成，也就是说，你清点一次，我再清点一次，再派一个人清点一次，汇总起来再核对是多少，这样就不会出现盲点和盲记的情况。咱农民掌握不了高新尖的技术，但心细不细是可以掌握的、练就的，既然女人能细到绣花，我们男人就不能把几个炮眼点数核对好？你问整个筑渠炸了多少炮眼，反正不止一万个，几万次里没炸死过一个人……"

黄著文曾经对我说过这样的话，黄大发了不起的地方有很多，其中干了这么大的一个工程，在那么长时间里，开山辟路，竟然没死一个人，这本身就是个奇迹。

但石头是不长眼的，尤其是在山上，一炮响起，石头飞溅几十米甚至上百米远，它才不管你是张三李四。几十里筑渠工地，沿线数个村庄非草王坝之地，在别人的地盘施工，踩坏一棵树或花草，大度者笑笑而已，计较者理所当然要出来与你理论一番，轻则与你客气打招呼一声，重则要你赔款出血也属正常。但草王坝人穷得连自己都是饿着肚子上山的，赔钱的事几乎做不到。做不到你别伤人坏地呀！邻村人的话完全在理。但确实黄大发弄的这个水利工程大到天边，绕过数个村庄、数个山头，你整天轰隆轰隆的已经够烦人了，还石头乱飞，谁受得了？

黄大发又上山挖沟了？他20年前干的糗事烂沟没灭他心气儿？邻村的人一听到山上不断的轰隆声，心头就来火。来火也没用，人家草王坝搞的这个水利工程是国家批准的。但你黄大发也不能因为你这事是国家批准的，你就在我们头上"拉屎"呀！中国百姓还是很厚道很善良的，黄大发的水利工程经县里批准后，乡里一道指令，沿途各乡、各村立即无条件配合执行。但沿途老百姓有气存在心里，到了"气候"时就会爆发。这不就来了嘛——你黄大发炸的石头飞到我们的头顶上，炸坏了我们的房顶，而且竟然还砸到了屋顶最不该砸坏的地方……

　　"黄大发，你给我出来！"一日，邻村的一老一少拿着铁棒、木棍，凶神一样地来到工地，非要见黄大发。那架势就是要打架，拼个死活。

　　"坏了老支书，我们的石头砸在他们家的房顶上，而且砸到里面去了。"草王坝的人急呼呼地向黄大发通风报信，说，"你赶紧躲一躲吧，否则人家一定饶不过你的！"

　　"瞧你说的！我能躲到哪儿去呀？"黄大发脸一横，说，"再说本来就是我们不对，是我们没管住石头，它不长眼，乱飞一通，砸了人家的房顶，谁碰到这样的事不生气！"

　　黄大发说完就主动从另一处工地赶过来，和颜悦色地见了主人，拱手道歉，赔了一万个不是。

　　"少说废话，黄大发你不是有能耐吗？说吧，这事你到底想怎么办！"主人不买他的账，怒发冲天地用棍棒对着黄大发，逼他说出"条件"。

　　"还是对不起，是我们的错。你们说个数，看需要我们赔多少。"黄大发依然和颜相对。

　　"黄大发啊黄大发，你也一把年岁了，你给我说说，有人砸了你的祖宗牌位，你给我出个价，到底你家的老祖宗值多少钱吧！"

　　坏了！黄大发在心里暗暗叫苦：这石头怎么就这么不长眼嘛！飞到哪里不是，非飞到人家祖宗的牌位上……唉！这事麻烦了。

　　"真不该！我们的错，一万个错！"黄大发有些不知说啥好了。

"光说错有啥用?我祖宗不答应!"对方不罢休,举起铁棒和木棍就要往黄大发的头上砸……众村民一见不妙,纷纷冲上前去劝说阻拦,黄大发方躲过一劫。被砸破房顶的主人在一片骂骂咧咧声中暂时离开工地,但事情并未平息。

当晚,黄大发立即召开干部会议,商量对策。大家一致认为,既然错在我方,确实应该主动去赔礼道歉,做应有的补偿。

"我完全赞同大家的意见。现在你们全体一起跟我走。"黄大发说着随手拎起一个纸袋,对几位干部说。

一个村的全体干部集体整整齐齐地跑到邻村的一户百姓家赔礼道歉,这面子应该是给足了,问题是下面还有两出戏:一是黄大发率全体村干部一起向那家的祖上牌位鞠躬磕头,二是他自己拿出一桶装得满满的蜂蜜放在桌上,对这家主人说,"这是我自家产的蜂蜜,本来是你老婶子留给我补身子的,一直没舍得吃,正好送你家人补补身子,算我一份心意……"

山里人最实在,也最要面子,这回黄大发他们草王坝人又给面子又给礼物,让人咋整嘛!这家主人硬邦邦的心一下软化了,拉着黄大发的手连声说,"黄书记,你带领大伙修渠引水的事我们早知道,你是一个好干部、好党员,我们佩服你。瞧就这么一点儿小事你这样认真,叫我们多不好意思!"

"不好意思的是我们,明儿我再派几个木匠瓦工把你家房顶补好归拢,保证今后不再发生类似的事。你尽管放心,我们再不让石头飞到你家房顶和院子里了!"黄大发顺势说道。

"唉,这也不是你黄书记的错,是它石头不长眼嘛!"

"那不行呀老哥,我们搞这么大的工程,已经给你们沿途的乡里邻里带来那么多麻烦,还弄坏你们的院子和房子,这是绝对不允许的。我们要管住石头,做好施工安全措施,就是石头也要让它长眼!"黄大发说。

"你真是个好书记!"主人紧握黄大发的双手,万分感激道。

第二天,在施工现场,安全会议再次召开。黄大发讲了一大通关于安全方面的基本要求,最后强调说,"我们在山上修渠,等于在别人的祖宗头上动土,在老天爷身子上拉刀,所以我们时时处处要小心翼翼,谨慎再谨慎,尤其是在爆炸和施工中,不能让我们的石头不长眼,要做到每一块经我们手、因我们施工原因而动的石头,必须长着眼睛,绝对不能伤到人家,伤人家的地,伤人家的院子,伤人家的房子,当然也不能伤到我们自己!绝对不能!记住了吗?"

"记住了!"施工的干部和所有施工人员后来确实全记住了,再没有出现过炸山炸到人家的头顶上,石头做到了"有眼有耳"地飞……这事说起来是一句话,做起来太不容易了,黄大发说为这事他至少短了3年阳寿。

闹心的事何止这一件!

开山筑渠一直在向前延伸,碰到的事也越来越意想不到。

一日,黄大发带着唐恩良等几个年轻人到乡里背炸药回来的路上,快要到村口时,被气喘吁吁赶来的村委会主任张元华拦住,说,"老支书你今天不能回去了!"

"啥事你弄得那么紧张?"黄大发觉得奇怪,估摸着工地上又出大事了,便放下背篼问。

张元华垂头丧气地报告道,"炸山时又捅了'马蜂窝'……"

"我不是说让你们炸山时一定要让石头长眼睛吗?怎么又没长呢?"黄大发有些火了,问,"炸死人了?"

"那倒没。可比炸死人还麻烦。"张元华说。

"炸坏了院子、房子?"

"炸坏了院子、房子是可以修的,倒不是问题了。"张元华又说。

"那到底炸坏了人家啥呀?"黄大发问。

"把人家的祖坟炸出了一个窟窿……"

"我的小祖宗啊,这还不是问题?这是捅破天的大问题哟!"黄大发连拍大腿,心里直叫苦,问,"现在怎么样了?"

"人家来了十几个人,非要跟你理论,扬言说,这回绝不让你老站着回家……"张元华没敢把话说透。

"啥意思？"黄大发的眼珠子瞪得圆圆的，问。

"就是……"

"走，是祸是福，躲是躲不过去的。"黄大发拔腿就要去闹事的地方。

张元华一把将其拉住，说："我看能躲还是躲一下好。"

"躲过初一，躲得过十五吗？"黄大发的鼻孔里"哼"了一声，重新背起背篼，挥挥手，"走，好心去跟人家赔不是去！"

山路上，背着沉甸甸的炸药的黄大发，望了一眼远去的唐恩良等人的背影，迈着吃力的步子，走在回工地的路上……

"喏，那不是嘛，他回来了！"这时的张元华已经远远地站在一个山崖上，跟十几个前来闹事的邻村村民们站在一起，指着从山脚下正缓缓而来的黄大发的身影说。

"果真是他哟！这个黄大发真不简单嘛！"有人窃窃私语道。

"好啊，他有本事嘛！有本事我们就找他呗！"更多的人说。

现在，所有的目光都聚焦到了身材矮小的黄大发身上。

"大伙咋啦？还不过来搭一把手啊！想看我这个小老头早点去见阎王爷呀！"黄大发一边喘着粗气，一边这么说着。看得出，他是想缓解一下现场的紧张气氛，当然他佯装啥都不知。

"你就是黄大发？"闹事者中有人冲到黄大发跟前，责问道。

"是呀，有事找我？"黄大发以笑相对，在放下背篼的同时，用手做了个手势说，"这儿没有凳没有椅，只能请客人在还没有修好的石渠沿上坐坐了……"说着，他抹了抹额上的汗珠，先在石渠茬茬上坐下，然后一边招呼一边自语道，"瞧这年纪，你不服不行啊！老了——"

"你是个老王八了！"突然，闹事者中有人这么吼叫一声。

"你这人怎么张口就骂人啊？"张元华等草王坝人愤怒了，上前要跟那个出言不逊的人论高低。黄大发赶紧站起来吆喝道，"谁敢撒野？咋啦？"黄大发冲草王坝村民呵斥道，"人家是骂你了，骂你又怎么样啊？你在人家地盘上动土，你们有啥耀武扬威的，啊？"

张元华等人被黄大发训斥后，很不情愿地退下阵来。但黄大发这一顿劈头盖脸的批评，反倒让那些闹事者感觉有些不知所措了。领头闹事的那个人似乎不甘这种局面，便站到黄大发跟前，说，"你是黄大发？"

"嗯，我是。大兄弟，你看我们有啥做得不妥的地方，你多包涵……"黄大发一副笑脸和诚恳的态度。

"包涵？你说得轻巧，这事能包涵得了吗？闹事者的火气一下升高了，你把我们家的龙气给震散了知道吗？"

"哎哟！真有这事？"黄大发惊叫一声，立马站起来，连鞠三躬，表示万分歉意。

"别来这一套！不管用！你几个鞠躬顶屁用！我家的龙气冲坏了，你们必须抵冲！"闹事者道。

"咋个抵冲？"黄大发仍然笑颜相对。

"我问你呢！"闹事者勃然大怒，透着粗气的鼻子差不多已经对上了黄大发的鼻尖——现场气氛骤然紧张。

双方的其余人员都已捏紧拳头与"家伙"……一场血拼眼看着即将爆发。

"兄弟息怒，息怒！千万别在这儿恼怒了山神，有话我们好说。"黄大发还未把想要说的话说完，怎知对方有人带头抢起铁锤，就朝草王坝人刚刚筑好的石渠沿上猛击一阵，顿时那砌好的渠壁稀里哗啦地倒塌一片……

"你们怎么能毁掉我们的水渠？你们想干什么？"张元华等草王坝人急了，举起钢钎、扁担等欲上前拼个死活。

"不许动！"黄大发突然一声吼号，那声音之大、之威，令在场的所有人一怔。但这并不能熄灭闹事者的怒火。他们说，"黄大发，我们知道你草王坝穷得除了想挖渠道，一点儿狗屁的东西都搬不出来！今天你不说出个赔金山银山的道道来，我们就叫你的狗屁水渠翻个个，你信不信？"

说话间，这些闹事者继续一阵狂砸张元华他们刚刚筑好的水渠……

"奶奶的，今天非拼了，他个娘的！"张元华等草王坝的男人们怎受得了这般耻辱，钢钎与扁担组成的反击队伍，三步并作两步地奔到了闹事者面前。

"你们干什么？"谁也不会想到，年已六旬、身材矮小的黄大发，此时像一个顶天立地的巨人，以迅雷不及掩耳之势，出现在两阵对立的队伍面前，他的那一声吼号，在大山里久久震荡，又迅速被折回，犹如巨雷般击得每一个在场者的胸膛都在颤动……"还愣着干什么？滚啊！"黄大发用特异的目光给了张元华一个暗示。

"我——我走……"张元华先是一愣，然后立马折身从紧张的现场"败阵"而撤，一溜烟往山上跑去。那样子，在外人看来绝对是"落荒而逃"。

"你们呢？还想干啥？"黄大发又冲自己的村民们斥道。

村民们见自己的村支书如此怒威，只得放下手中的"家伙"。这下那几个闹事的人觉得自己一下长了威风，随即将黄大发团团围住，责问他，"你黄大发今天想把整件事都揽下来可以啊！说吧，你要渠还是要命？"

黄大发听了这话后，摆摆手，说，"都不要说话太绝，是我们草王坝做错的事，我身为草王坝的支部书记，我承担全部责任，与其他村民无关……"

"那好，既然你承担，你们现在把我们的龙气冲坏了，你说怎么个弥补、赔偿吧！"闹事者又把圈子围小了一圈，几乎所有人喘出的气都可以喷到黄大发的头顶——不是他个子矮嘛！

"弥补和赔偿肯定都得做，都得有。可你们都知道，我们草王坝穷得那个样，现在真是赔不出啥东西来。只有等我们的水渠修好了，大伙的日子富了，我保证加倍给你们赔偿、弥补……"

"别他妈的尽说好听的废话！现在就问你一句话，你是要命还是要渠？"还没等黄大发把话说完，几个闹事者已经上手将黄大发的一双胳膊架了起来，他们像老鹰抓小鸡似的将他悬吊在半空中。

"我——我啥都想要。"黄大发的声音听上去没有一丝颤抖，非常镇静。他喘着气，继续说，"可你们不会让我啥都想要的呀，所以今天我只能选渠道，这渠道是我们草王坝人的命根子，也是我黄大发梦想了一辈子的事，我不能把渠道丢了。我只有一把老骨头了，只要你们能保证这渠道顺顺当当地通过这里，我愿意把老命给你们任意处置。"

"黄大发啊黄大发，你真是嘴比山崖还硬！再问你一句，到底你要命还是要这破渠道？"

"命只能听天、听你们诸位的了！渠道绝对是要留住的。"悬在半空的黄大发闭着双眼这么说。

"好嘛，那也不能怪我们了，你不是要渠不要命吗？好，看我们怎么着你——来人，把他绑起来！"

"干什么你们？快放下老书记！"就在这当口，突然不知从何处跳出五个穿制服的民警，而且还是带着"家伙"的民警。

命悬于一线的惊险场面，一下变了气氛。

现在正式向你们宣布：据现场勘察证实，你们几个寻衅闹事，蓄意破坏和危及工程及相关人员的生命与公共财产的安全，我所决定拘留你们！

"咔咔，咔咔……"几个带头闹事的人，被公安民警毫不含糊地铐上手铐，从施工现场带走。

黄大发"以命抵渠"的消息不胫而走。水渠沿途原本想捞一把的那些人这回纷纷前来，与黄大发和草王坝人"热络"起来。这时的黄大发又是鞠躬又是拱手地对人说，"咱草王坝修渠给邻居和周围的村民带来不少麻烦，该还的情，该赔的物，我们一分一毫也不会少的。只求好邻居容得草王坝一点儿时间，我黄大发说话算数，若有半句谎言，雷劈山压！"

而且，就在修渠这个当口，黄大发几次带着村委会主任张元华等干部，到修渠沿途的那些家庭困难的农户，送食送衣，掏家底进行慰问。

山里人本就实在，黄大发一片热心热肠的行动，如春风沐浴冰封的大地，很快解冻了沿途因为施工而产生一些矛盾的邻村村民的心结，石渠在一声声激昂的劳动号子与如雨的汗水中向前延伸着……

第五章

"现在你们该明白为啥我总说,既然我们想让渠道通水,能吃上大白米饭,那就得让石头也要长眼睛了吧。"在漫漫的背炸药路途上,黄大发一边迈着沉重的双腿,一边低着头,向走在他后面的几位村民唠叨着。

"老支书,你就是太英明伟大了!我寻忖着,如果不是你几番出场,他们才不会轻易放我们过他们的山崖与地盘呢!"唐恩良说。

"人心都是肉长的,你给人一份暖意,人家就会心里高兴。再说,我们修渠跑到了人家的地盘,人家本来好端端的,可你去闹人家、砸人家,人家不生气才怪!换了我们不也一样嘛!没准比人家更凶、更要别人命!"黄大发这么一分析,草王坝人没有一个再怨天怨地怨他人了。

唐恩良更是感动道,"老支书,我这辈子算是服你了!跟着你走,就像跟着党走!一走到底,走到水渠通水,走到吃上大白米饭那天!"

"你这个小子,就这么点儿出息啊!"黄大发找到一块石头上歇脚,半弯着腰,捡起路旁的一块小石子,往一溜烟儿跑到前面的唐恩良扔过去。

"哎哟哟,痛死我了!痛死我了!"唐恩良佯装受了伤似的在前面叫喊起来。

"你个龟儿子,不给你点儿疼才不知道别人的恩呢!"黄大发带着几分疼爱之心,这么说道。脑海里却泛起了一段让他感到温暖的往事——

在草王坝村,黄大发喜爱的后生有几个,唐恩良便是其中的一个,这孩子是初中毕业生,在村里算是绝对的"高级知识分子"了!关键是唐恩良还是个不怕吃苦、善于动脑筋的年轻人。

想当年,黄大发第一次领人到山上修渠时,唐恩良还只是个跟着大人到工地上玩耍的娃娃,如今已是草王坝村的壮劳力和年轻骨干分子。黄大发喜欢他的另一个原因是,唐恩良他在国家允许包产到户的第三年,也就是 20 世纪 80 年代,那个时候他就把自家门口的一块地开垦成稻田,想成为草王坝第一个吃上大白米饭的人家。这事引来村里不少人的嘲笑,因为就在唐恩良种稻前几年,黄大发带领的开山筑渠道没有成功后,多数草王坝人对吃上大白米饭这个梦想已经不抱希望了,现在他唐恩良在没能解决水源的情况下站出来种水稻,确实也不得不让人怀疑和觉得可笑。

唐恩良种水稻的理由是,贵州一带山区的降雨量还是可观的,让田来储水,以解决稻子的用水问题。

田整成后,确实赶上了好天气——连续几场雨下来,囤积在稻田里的水盈盈一片,这让唐恩良心中欣喜若狂了好一阵。但好景不长,随即到来的干旱天气断断续续,"唐氏水稻田"立即露出失败的痕迹——稻苗成了一撮撮可以点火的干柴草……其间唐恩良夫妻俩也做过努力,小夫妻俩到山下挑水灌田,结果每天人累得半死,稻苗仍然一撮撮地死去最后只得拔掉重耕。

村里人开始大笑他了。

"有啥好笑的!我早就准备失败他三五载,但到了我吃上大白米饭那天,你们可别眼馋啊!"唐恩良是个有理想、有信仰的人。第二年种稻之前,村里人见唐恩良小两口在去年种的稻田上方,打了口小窖井,并且靠这座小窖井积储了不少夏天前的春雨水。新秧再度插入稻田,下雨时稻田喝的是天上水,干旱来临,小窖井打开,取出积储的春雨水,稻苗一寸寸往上长……但老天靠不住,雨也曾下过,一到夏季后,干旱的日子远多于雨水天,这样稻田里喝不上天下的雨水,小窖也供不出多余的积水,结果再一次渴苦了稻田里的秧苗……唐恩良再次失败,只是这回没有完全失败,他收割了几十斤稻谷。

这一年,村里有人嘲笑,有人不再吱声,因为毕竟唐恩良辛苦了一年,到头来,他确实给三个儿子端出了几碗大米饭。那香喷喷的、颜色特别好看的米饭,还是让草王坝人着实眼红了好一阵。

"有啥稀奇的!这么大的一块地,种啥不好,非要弄稻田想贪吃白米饭!说唐恩良的人不是别人,而是与他同做'白米饭梦'的妻子。"

说起唐恩良的这位妻子,黄大发心里就想笑。"我当然要笑,因为她是我硬给'挟'来的。"那天我在采访黄大发时,他谈起了唐恩良娶妻的趣事。

"唐恩良的媳妇是我介绍的。"黄大发自豪地说,"他媳妇的娘家在凤凰村，我有亲戚在那个地方，否则也不会有这门姻缘。因为四邻八村都知道我们草王坝村穷，吃不上大白米饭，所以好姑娘不会找我们村的男人。我这个当村支书的着急啊，总不能看着自己村里好端端的男娃一个个都成光棍吧！尤其是像唐恩良这样的后生，初中毕业生，这在村里都是知识分子了，我们草王坝村自古以来——我指的是水渠通水之前，初中毕业是最高文化水平了！唐恩良就是这样的文化人，我能忍心让这样的好后生当光棍？真要他唐恩良当了光棍，那咱草王坝真的完蛋了，啥都没前途了！如果传出来说草王坝穷到连上过中学的都找不到对象，你想想，这让绝大多数连学校门都没进过的人怎么活呀？加上唐恩良不仅有文化，长相又俊，脑子又活络，这样的人再找不到对象，天理不容啊！所以给村里的年轻小伙子找对象也成了我的一份责任。唐恩良这门亲是我去提的，对方开始碍于我面子，答应了。答应了就要按照习惯送彩礼，唐恩良也做了，当然因为我们草王坝穷，他唐恩良虽然做了，人家也没当回事。后来对方对我们草王坝的情况了解多了一些后，有些后悔答应这门亲事了。有一天唐恩良去女方家里，人家给他难堪，说，'你们草王坝穷，这我们也知道。既然你们村穷，那我们给你点儿钱，你帮着去你们村买100斤大米回来。'唐恩良拿着买米的钱，回到村里却愁死了，为啥？因为我们村里根本就没有大米，我们连水都没有，还种啥稻田！没稻田，哪来的大米？这不明摆着瞧不起我们草王坝人嘛！明摆着是想退这门亲事嘛！唐恩良急得团团转，找我商量咋办。我说你就别管了，在家等着准备娶媳妇便是。我就出面，跟凤凰村那边说这门亲事不能退，退了对我们草王坝的后起之秀唐恩良不利，对你们家女孩子也不好，传出去她还咋嫁人嘛！因为三村五邻知道我黄大发呀，女方也怕得罪我，所以最后没有办法，唐恩良娶到了一个好媳妇。"

唐恩良也是个有志气的人。当年拿着老丈人家给他买大米的钱回到村里却没处买到大米，这耻辱的一页在他心头烙上了难以消退的印记。妻子也是个要强的人，既然跟着唐恩良到了草王坝，也想给自己挣回些面子，于是当唐恩良提出率先在草王坝种水稻一事，她不仅没有反对，而且积极且坚定地支持和参与。但一季水稻种植下来，失败了，她忍着。第二年虽然苦了些，但毕竟吃上了一碗大白米饭，为了在娘家人面前挣回一些面子，她特意把自家种的稻谷，提了一小口袋回去，并且告诉娘家人，这米是她和唐恩良在自家地里种出来的。磨出来的米做成饭，能香到十里外！

唐恩良的媳妇是这样一个人。但即使是这样一个通情达理的女人，在草王坝这块缺水的土地上，她也不赞成自己的丈夫舍全家之劳力，去为吃上一碗大米饭而奋斗、挣面子。"面子有啥用？穷就穷，没白米饭吃，即使丢了脸面，总比乞丐强吧！"妻子为了种不种水稻一事，与唐恩良没少吵架。

"当年你家嫌我穷得给了钱都买不到白米吃，现在你又整天嚷嚷种水稻亏死了、怨死了，你到底想让我唐恩良怎么活？"唐恩良最受不了的是家人的埋怨。

"我再不嚷你，你老唐家就穷得一家人合穿一条裤子都快穿不起了！还种水稻，吃白米饭？不让外人笑死才怪！我家嫌你穷，嫌你吃不上大白米饭，可我嫌了吗？当年你信誓旦旦地说只要我肯嫁到草王坝，你让我一辈子都吃大白米饭，你有那本事吗？"妻子回敬道。

"不是已经吃上几天的大白米饭了吗？"唐恩良不服。

"你那叫让我吃大白米饭？"妻子火气更大了，"明明一年可以收几百斤苞谷的地，你却才收了几十斤稻谷！你知道我吃这大白米饭是啥滋味吗？"

"啥？"

"像喝自己的血一样难受！"

"你……"唐恩良气得直想吐血。最后没话发泄，怒道，"我休了你！"

妻子一听，跳了起来，"你个王八蛋！休就休！休了更好，我回凤凰村吃大白米饭去！"

结果小夫妻把架打到介绍人村支书黄大发家里。

黄大发一听，沉默片刻，问唐恩良，"你还记得当年我们村第一次修水渠的事吗？"

唐恩良点点头，"记得。"

"那个时候你还是娃娃。"黄大发抬起头，仰望星空，回忆道，"那天我记得你从家里摘了些菜，跟着学校的老师到工地来慰问大伙，还七手八脚地给我们煮饭。这事你记得吗？"

"记得。"唐恩良说。

"你当时对我说，大队长，红旗水利渠修好了我们是不是就有大白米饭吃了？我当时拍拍你的小脑壳，说，是。我记得那天你高兴地对我说，等水通了，你要在草王坝第一个种上水稻，第一个吃上大白米饭。你还记得这句话吗？"黄大发问。

"记得。"唐恩良的眼里已经有了泪花，然后喃喃道，"后来我们的水渠没有水，可我幼小的心灵里一直有个愿望，要在自己的地里种上水稻，让家里人吃上大白米饭……"

黄大发感慨地说，"大伯我今年一大把年纪了，可让我佩服的事、佩服的人没几个，但你唐恩良是我佩服的一个人！因为你是我们村里第一个种水稻，第一个靠自己的本领让家人吃上大白米饭的人！相比之下，你大伯我惭愧啊！我没有你本事大，也没给你兑现当年的话，所以对不起你们啊！"

说到这儿，黄大发老泪纵横……

"大伯，不是你的错！支书，你千万别这么自责……"

唐恩良夫妻被黄大发这番话深深地感动了，他们不仅不再为自己种不种水稻、能不能吃上大白米饭而吵架，而且一致在黄大发面前保证：坚决支持重修水渠，等水渠修好后继续争做全村种水稻第一名的农户！

"好啊！有你们这番话，我真的是死也瞑目了。"黄大发再次感动。

这是在漫长的背炸药的路上，黄大发回忆起的让他感到几分温暖和难忘的往事。

"老支书，你都这把年纪了，把背炸药的事交给我就得了！干吗非要亲自干呢？"唐恩良几次看着黄大发弯着腰背着背篼，整个人都快擦到山崖上时，心疼地劝道。

从水渠工地，到取炸药材料的地方，来回一趟就是三四十里路，且都是崎岖的山间羊肠小道，每一筐炸药材料，都有五六十斤重，就像唐恩良这样年轻力壮的村民走一趟也得三五天才能缓过劲。而在施工爆破最紧张时期，黄大发每三五天就要去背一次。有人说，干吗不用马去驮，一次多拉些回来嘛！黄大发告诉我：一是当年对炸药材料的管理是非常严格的，不会一下让你多取，也就是说只能根据你的施工量来定量供应；二是因为炸药雷管等这类危险品是不能有丝毫的丢失与缺斤少两的，这关系到的面就更多了，甚至是生命安全问题、工程安全等。

所以他才坚持要亲自去的。村委会主任张元华说。

"你可能不知道，当时政府对炸药一类的材料管得不是一般得紧，而且一般搞运输的人又不敢揽这活。"原平正乡乡长商顺模至今还记得，"有一回乡里为草王坝修水渠批准给50件炸药材料，等村子里的马车来拉的话，得绕路多走几十里，会影响工地开山爆炸的施工进度。黄大发二话没说，背起两件就走。那得几十斤重哪！商乡长说起这事，满是感动。我有几次都是亲眼所见，黄大发到乡里背炸药，都是赤着脚的，我问他为啥连鞋都不穿，他笑笑，说，走长路、山路，光脚是最好的。我一瞧他的脚板，全是血痕和血斑……看着都心疼和难过啊！"

"这算啥事！"黄大发听我问他这事时，淡淡一笑，说，"当时我一心想的是赶快把水渠修起来，通上水，能把这事做成，我苦点儿累点儿算啥？就是搭上这条老命也值得。我就是这么想的，所以不觉得苦。"

黄大发说这话时，脸上的皱纹都像乐开的花一样，丝毫没有作秀，是那种从内心泛出来的情感。

而我知道，为了修这水渠，黄大发所吃的苦、所干的事，有些是他人无法想象得到的。开山筑渠，两样物资最离不开——炸药与水泥。这两样物资在当时的贵州遵义，属于紧缺物资。前者我们已经说过，它不仅紧缺，且又涉及危险与安全诸多方面的工作；获取水泥相对简单些，但水泥在水利工程特别是黄大发的高山悬崖上修渠中，其用量之大，其使用标准和要求，又是一项十分严谨而艰巨的物资与技术问题。黄大发说，对此他必须亲力亲为。

因为第一次修渠道失败，从根本原因上讲就是因为没有水泥这个基本材料。黄大发说，"这回修渠时，上级政府给了我们条件和水泥等物资供应。对草王坝人来说，水泥好比我们的生命一样金贵。我得把好这一关，用好这金贵的东西。"

为了用好这"金贵之物"，黄大发可是做到了倾心倾力——

几乎每次到区里拉运水泥，他都要亲自赶着马车去。一则他去后人家能够保证及时给他。黄大发修渠，精神可嘉，他的名声好，供应商不会压他、拖他、为难他，所以他亲自去拉能够节省时间，保证前方用水泥不耽误工程进度。二则更关键的是，他亲自去拉能够做到尽量不浪费一斤半两的水泥。

"黄大发每回来拉水泥，眼睛瞪得最圆，生怕我们少给他半斤一两；回到村上，卸货时他要把车厢内打扫得干干净净，哪怕一丁点儿水泥也要入库。"给他供货的人和村里的群众都这么说。"有一回拉水泥的马车陷在离草王坝30多公里的一个水坑里，怎么也出不来。此时天已黑，这前不着村、后不着店的情况对黄大发来说有些为难。赶车的并不是草王坝人，人家一甩手就去找附近的农家借宿了，剩下黄大发一个人无计可施，问题是他怎么能舍下一车子水泥而不管呢？无奈他丝毫不犹豫，这一夜，他在水泥包上来了个露宿，与山里的蚊子'搏斗'了十来个小时，直到第二天他们找来帮忙的人，才让黄大发的一车水泥和他本人完成了'突围'……"

说起"水泥"的事，黄大发的老伴徐开美说，"你问修渠道时他背水泥的事？他就是这么个人，凡是困难的事，凡是要紧的事，凡是别人不愿干的事，他就抢着去干，甚至一个人去干。两次修渠道，都是靠人拉肩扛的。不只拉水泥，还有钢筋啥的，都是从几十里的外面背到工地上的，那时通往草王坝的路只有小山路，就是有汽车都进不来的，都是他带着大伙靠两个肩膀挑进来和扛进来的。我心疼他的是，跑几次脚上就全是血泡了，都破了，后来结痂的伤口还没有好，他又去了。有一次回来，给他脱鞋时怎么也撕不开，后来泡了热水才撕开的，那脚再往水里一放，水一会儿全变成红色的了……我这心疼哟！叫他休息两天，他就朝我瞪眼睛，说'你知道我不去工地两天会出啥事吗？要是出了啥事，我黄大发能对得起大家吗？'几十年修筑水渠的时间里，他每天早上第一个出工，又是最后一个收工。没有一天不是这样，碰到山上施工遇到困难时，干脆他就几天、几十天不着家。我就给他送吃的、换的衣物，他根本不顾家，也顾不上。我不埋怨他，只是心疼老头子。"

徐开美老婶子开始是笑着跟我"闲说老头子"，后来是声音凝重地"诉说老头子"。

拉水泥、背炸药时双脚留下的伤口还没有愈合，他又在山上天天踩在水泥和黄沙里盯着拌水泥、砌渠壁的事。老婶子说，"那些活本来是各家各户、别人的事，可他不放心，几乎所有拌水泥的事都要在现场看着人家怎么放水泥、放多少，是不是缺斤少两，是不是拌和搅匀了；多数时候他就踩在水泥和黄沙里自己拌，那双脚，天天红肿得像条烫伤的猪腿。我管他，不让他再干那些活，他又瞪着眼对我说，'知道为啥我第一次领着大家筑渠失败了吗？就是没有水泥，就是光用了黄泥巴砌渠壁，它不管用，照样渗水漏水。可你知道，现在用水泥是好，但如果黄沙和水泥拌和的比例和时间不对的话，照样还会渗水漏水，如果这回渠道修到了草王坝，可到时水仍然进不了村里，你让我怎么向村民交代？我这条腿算啥？就是这条命都不算啥。水泥与黄沙拌不均匀，拌不合格，那可比我黄大发的命不知要紧多少倍啊！老伴你说说我的腿算啥？算啥呀！'"

老婶子说到这些事，已经在抹眼泪了，但说起"水泥"的事，还有让她更不愿提起的事——家里的老灶头有个地方掉了砖，我就想抓一把水泥再拌点儿泥巴，给老灶头补缺，也能做顿好饭给老头子回来吃或招待个上面来的干部啥的。"水泥就放在我家里，我这么想着，就让唐恩良小辈子帮我抓一小把水泥，结果被老头子看见了，冲过来把我手里的水泥抢走了，还不罢休，还臭骂了我一通。我好冤啊……"

"他几十年都在山上修渠道，自己累成啥样都不算，家里的事从来不管，我整天提心吊胆着，最怕山上传来话说出啥事了。可为了一把水泥，从来不向我发火的他，竟然骂了我……"

年近80岁的老婶子在我面前哭泣，实在是一件叫人心酸、心痛和无奈的事。

这一天，老婶子到后来竟然抑制不住哭泣了，我惊愕而又不知所措。旁边的几位老村民悄悄地朝我示意，意思是说不宜再问老人家了，由此我赶紧断了采访。

何作家你可不知道，我们的黄大发为了修这条渠道，他的二闺女23岁就死了，13岁的孙子也夭折了……

啊！我惊得张了半天嘴。不是说黄大发带领村民靠一手一锤修渠30余年，在千米高山上挖了几十里路长的"大发渠"，竟然没死一个人、没一个村民重残吗？

是这样。这个是奇迹。但在修渠中间，黄大发第一次修渠时，他那1961年出生的大闺女在他修渠最紧张的岁月里病死了。如果说那时是因为穷、因为孩子的病没及时赶上治，而让黄大发失去了一位亲人，这是那个年代许多家庭都可能会遇到的不幸，作为活着的人也许还能有些理由安抚内心的伤痛。那么第二次修渠时，黄大发一连失去最疼爱的23岁的二闺女和13岁的大孙子，这般打击与痛楚，让一位铁石心肠的大山汉子差点儿崩溃……

黄大发修筑天渠，何止皮肉之苦、筋骨裂碎和精神劳累，他的心、他的神、他的情，更无时不在经受着常人难以想象的痛苦与折磨，那种痛苦与折磨，有时如狂风暴雨的鞭抽，有时如抽筋剥皮的钻心切肤之痛，有时如烈焰燃烧般焦灼，有时则如惊天巨雷在头顶突然爆响……黄大发，一个身高一米五几的小个头男人，在这30余年里，他为修渠而经受的这类打击与摧残，岁岁月月都有，有时甚至一天一次、一天几次！

第六章

第六章

惊心动魄的生死之战

  关于黄大发闺女黄彬彩的死，草王坝村的人不愿意多提，因为这是黄大发一家最痛心的一件事。
  在与黄大发相识的几天里，我感觉这位 82 岁老汉的性格与山岩一样硬，什么事在他那里根本不是事。他个子不高，但能顶扛泰山般的压力；他没有啥文化，但能道出中国最朴实和最经典的道理；他没有出过大山、没有见过世面，但他精通人世间的所有交往的礼仪和道理。我们在一起的时候，像是亲人一样，又如朋友一般，两个男人坐着或走路时能长时间地手拉着手，那种亲密无间、相见恨晚的感觉，竟然发生在我们俩之间。而在此之前，我根本不知道贵州的大山深处有个叫黄大发的老人，他黄大发也从未看过什么文学作品，也从未知晓过任何一位中国的作家。我只能这么理解，在采访的那些日子里，他从我愿意跟着他走险道、看谁都不敢去的悬崖上他修的那条渠道，以及我认真倾听他对往事的诉说，也许就是这点点滴滴中，他老人家认为我是一个信得过的人、一个他的"远方亲人"、第一次来造访他这位长者和老亲戚……是的，我想应该是这样的，不然他不会这样时不时地拉着我的手，而且那么自然，那么有力，那么温暖。即使与自己的老父亲，我也不曾有过这样的事，更不用说手拉着手很久很久地在一起畅谈与倾诉、交心与对话。我以为自己了解黄大发，我以为什么事他都不会在意——只要是与他修渠道的"光辉往事"相关的，他老人家都愿意接受我的采访，但唯独关于他 23 岁女儿去世的这件事我拿不准，到底是否该直接问他，让他将几十年在修渠过程中一件最揪心的事讲出来，讲给我们这些不曾经历过那般痛苦的人听听，讲给这个世界听听……

我是希望有这个机会和可能，所以有多少次与黄大发手拉着手、脸对着脸很近的时候，我把问话已经搁到嘴边了，但就是没有说出口。我很怕我的提问让一个因我的到来而高高兴兴、精神爽朗的老人，一下陷入极端痛苦之境。

我多么想问，可又始终觉得难以启齿。

以我这几天与这位老人的对话与神交中，我知道世界上再大的困难和危险，在黄大发眼里都不会是困难和危险，只要这样的事在草王坝、在他身边的大山深处，他就可以踩平它、征服它、战胜它。然而我就是无法估量他黄大发能不能再把那个他最心疼的姑娘的事和盘托出……我感到困难，甚至有些思维上的窒息。

采访快要结束了，有一天在采访黄大发和十来位村民时，我想借这个机会提他闺女的事会不会稍稍轻松与自然一点儿？于是我没有直截了当，但是十分有意地轻轻问身边的黄大发，能不能带我上山去坟地看一看？

我看到黄大发的眼神先是一愣，然而又迅速扭过头去，他竟然若无其事地把话题彻彻底底地扯到了一个毫不相干的其他事上。"喂喂，你们跟何作家再说说嘛，说说当年我们如何把那几个悬崖攻下来的嘛！"

于是座谈会又开始了你一句我一言地"神仙侃谈"。那个瞬间，我为自己的唐突与失礼而感到内疚，同时也明白了确如村民们一再提醒我的那样，不要去提黄家那个死去的闺女的事。我又不得不敬佩黄大发老人家非凡的智慧与超人的应变处理能力。他做到了既不让我难堪，也不让自己陷入被动的境地……

他就是这样一个了不起的人！那一刻，我对黄大发有了一种全新的认识：他是一个大山里的人，他又与大山一样，他是属于众山之魂的一个有血有肉有生命的山神。

关于黄大发小时候的事前面已经说过，现在讲的是他与徐开美结婚后的生活。

第六章

当年新娘子徐开美进黄大发家时,黄大发身后有个"拖油瓶",而且还是个残疾的"拖油瓶",就是黄大发与去世的前妻所生的儿子黄彬孝。就是这么个残疾儿,黄大发为了上山修渠道,可没少让缺"手"的他在工地和村子之间奔波。

"孝儿,村里的人都在山上挖渠,你干不了大活,但还有两条腿,你就负责往山上报个信,给山下的家里传个话。"黄大发对儿子说。

儿子点点头,嗯。这样就算是把任务接了。这任务并不轻松,那会儿全村人都上山干活去了,村里的事也就少不了彬孝来回奔跑,比如谁家的老人病了,谁家的小孩有个发烧感冒的事,彬孝都得走十几里路往山上去报。这还不是他主要的活儿,他主要的活儿是负责给"指挥长"父亲当施工"通信员",那些事就更没完没了。有时一天要跑两三回,腿都快跑断了。黄彬孝手不灵,嘴又笨,智力不高,对父亲的怨恨在心底里存了不少。有人问他水渠的事还记得多少,他就一脸生气样,埋怨自己的父亲"不讲情面"。"我也是为修渠干事,可他就是不给我记工分。"黄彬孝对这事耿耿于怀。其实他不知,全村的人参加上山修渠都是义务劳动,从没人拿过啥工分、工资和补助。他只觉得父亲像使唤驴子一样利用他。"驴子拉活,还给好食吃,他啥都不给我吃,只知道让我跑来跑去。"

黄大发的二儿子黄彬权,是徐开美所生,现已年过五旬。第二次修水渠时,他已经是村里的壮劳力。"父亲从不惜疼自己的儿女,也从不徇私,他分配我的事都交给村民组长安排我。有一句话他在家里常讲,说是集体的事怎么硬都行,自家的事怎么软都成。意思是公家的事不能有一点儿马虎,家里的事随意怎么办都行。我们修渠的时候,除了水泥、雷管等材料上面补贴,其他的基本全是我们村里自己解决,所以别说没有一分工钱,多数事情还得靠村民们自己来解决。比如每天上山到工地要走一个半小时,下山也同样,为了不少干活,父亲要求我们必须早出晚归,也就是说,一头一尾的上山下山三个多小时的时间,是不能算劳动时间的,在工地上你必须干满十个小时,这就等于我们每人每天都得拼出十四五个小时来。父亲在村里威信高,一般没人跟他顶嘴,我是他儿子,有时会把心里的不满跟他嘀咕。他就说,'你就不想吃白米饭?就不想找个媳妇?'我回答说这些我都想，他就说这不就得了嘛！他没有啥大道理，但只要开口，就会把事情和道理说得清清楚楚，你就再没有啥可跟他顶的了。他心里就装着村里的事，我们全家人都习惯了。只要他说的、干的事，我们没有人反对，还会全力支持他。母亲经常跟我们讲，'你们爹不容易，一个人要顶全村这么大的天，那山上的渠道要绕过多少峰多少峦，他不拼命谁拼命！'父亲的这种言传身教，对我们影响极大。我们就是在他这种精神的影响下长大的。"

"他干啥都有理，但他对彬彩的死要负责！"初中毕业的二儿子认为父亲几十年来为集体干了一千件事，件件都可以称道，让家里舍去了一百件事，也是每一件都可以理解的，但唯独在彬彩的事上，二儿子黄彬权至今谈起仍然不能原谅父亲黄大发。

"彬彩23岁就死了，真正的花季年龄，一个活脱脱的大姑娘，转眼就没了……这是我们全家人最痛心的一件事，现在谁都不愿提起彬彩。"哥哥黄彬孝说起比他小5岁的妹妹黄彬彩时，忍不住流下眼泪。

"妹妹不行的那一天，我一边哭一边赶到山上的工地，对正在开山凿岩的父亲说，爸爸，二妹走啦！他开始没有听见我的话，我连喊了几声，说妹妹死了！没了！他这才突然回过神似的反问了一句，啥？你说啥？我提高声音说二妹彬彩没了！"这时父亲手中的铁锤一下从空中落下，他愣了半晌，竟然又重新举起铁锤，开始更加猛烈地抡锤，抡锤的当口，他对我说，"你先回去，我随后就来！"我哭着就折回，往山下走。后来听山上的人讲，父亲抡着抡着铁锤，就一屁股坐在岩石上默不作声很长时间。村里的人害怕了，赶紧过去安慰他，说老支书要节哀啊！过了好一会儿，父亲才转过头，对徐国泰老伯说，"麻烦你给我裹支旱烟。"村里的人都看到父亲一边抽烟，一边掉眼泪，到后来竟然呜呜呜地伏在岩上痛哭起来，哭得全身都在发颤……

因为上有哥哥，长得又俊，所以彬彩姑娘从小就深得黄大发的宠爱，小姑娘也特别灵巧懂事。还记得上面提到的张发奎一行人来帮助勘察测量时，彬彩特意手工纳鞋垫的事吧，彬彩就是这样的一个通情达理、心灵手巧的姑娘。但命运对这位黄大发的"掌上明珠"却很不公平。就在父亲黄大发为再度上山修渠东奔西忙的 1991 年，一向健健康康、活蹦乱跳的黄彬彩，那一年的下半年就感觉身体出现了一些不对劲的状况，她四肢无力、面色焦黄。山区穷，走出大山看病又得花两天的时间，就是一个好端端的人怕也受不了路途如此遥远之苦，故彬彩的病就这样一天一天地拖，后来大姐接她到自己家养病。大姐家也是个穷户，加上又不知如何给妹妹瞧病，所以彬彩的病越来越严重。黄大发第二次修渠开始后的 1992 年底，彬彩回到了草王坝自己的家。看着心爱的女儿一天比一天消瘦和病态，黄大发心急如焚，他几次张口说就是背也要将闺女背到遵义城的大医院里去，让医生好好看看到底是啥病！彬彩姑娘也是一次又一次地含着泪光期待着，但父亲忙啊忙，就是不见他来病榻头"背"她。后来彬彩听说父亲要到遵义去了，她高兴得事先端了一盆从黄泥坑里舀来的水，然后沉淀了半天，再将清一些的干净水用来擦洗了一下自己的身子，等待父亲背她到遵义的大医院瞧病去。但后来却一直没有等到，直到几天后父亲进家门才知道他已经从遵义回来了。"对不起啊彩儿，村里修渠是大事，我这回跑了两天才到的遵义，总算把这个项目跑下来了！这回我们草王坝有希望通水了，有了水就能吃上大白米饭，吃了白米饭我看你的病也会好起来的！"看着父亲兴奋的样儿，彬彩苦涩地笑笑，啥也没说。是啊，让村里人吃上白米饭是父亲一生的愿望，彬彩作为女儿不能亲自跟着父亲上山修渠已经很愧疚了，再不该因为自己的病拖累和影响父亲为村里修渠的大事吧！

然而，求生的欲望也始终让彬彩没有放弃父亲"背"她上遵义看病的希望。她在等，一天一天地等……她听到山上隆隆的炸山爆破声，心头充满着希望和期待，同时又极其痛苦——她感觉自己的身体在告诉她，她的日子已经不多了……

"妈妈，你问问爸爸啥时候背我去遵义啊？"女儿一次又一次地催促母亲。

"你看他在山上忙得十天半月不着家，唉！"母亲徐开美拉着女儿越发枯瘦的手，心如刀割，又无可奈何，只得暗暗摇头和落泪。

"姑娘都成这个样了，你能不能落空三五天，带她到城里医院赶紧看一看嘛！"妻子徐开美不知对黄大发说过多少次这样的话了，而黄大发也没有一次说不行，说话时都是点着头"好好"的，可就是没见真行动。

别说三五天，就是一天你不让他上山到工地上去，他都会急出病来。儿子黄彬孝这么说，也因此一直认为父亲为了修渠，舍了女儿一条命是万万不该的。如果站在黄大发家人的立场上，站在一个儿子和一个哥哥的立场上，黄彬孝的埋怨是在情理之中的。

对于这个问题，我侧面问过黄大发。他如此说，"山上每天在爆炸，几百个人在山崖上抡锤打钎、在悬崖边走动搬东西，那都是些重活、险活。你想想，我是村里的支部书记，工程总负责人，你就是天天在现场盯着、唠叨着，都不能保证安全，哪个地方、哪个人在哪个时候稍不留神就可能出大事，出人命关天的大事呀！我咋敢分心，哪怕只是一分钟！在工地，我想着背炸药的人别在半路出啥事，于是我想还是自己去背吧；背了炸药，我想拉水泥的事不能马虎，所以我还是亲自去拉更好一些……背炸药的时候，一路上我想着山上的事，怕有啥三长两短，心一直悬着。那个时候没有手机、没有对讲机啥的，只有我的一颗心在远远地想着、念着、惦记着山上山下的事，想着年岁大的人在山上别出啥闪失，想着年轻的人别过于显摆力量，想着女人晚上在上山下山的路上别出事情……我真是唯独没有时间想自己的事，没有时间想自己家里的事。你想想，假如哪一天山上出点儿事，出条人命，那我这渠道还咋修啊？我咋向村里的人交代啊？我黄大发不就是罪人、罪该万死的人嘛！"

黄大发说这些话时，我发现他的声音很轻很轻、很软很软，轻得我必须凑到他的跟前，软得我必须拉着他那布满老茧、布满伤疤的老手。那时我感觉那只老手在抖动，剧烈地抖动，直到我用双手握住它的时候，仍然在不停地抖动。那种抖动，叫人心痛，令人害怕，更让人心酸。

啊，黄大发啊黄大发，你这小老头儿——那一刻我不知如何称呼眼前这位个子不及我肩膀的山里老人，我内心既有一分埋怨，又有万分心痛地如此称呼他。你黄大发这个小老头儿实在太不易、太伟大、太有情有义，你其实对家人也充满

第六章

无尽的情意，尤其对二闺女彬彩姑娘。这一点，山知道，天明白。

那天儿子来工地报信彬彩姑娘去世消息后，黄大发在山上一个劲地抽着闷烟，他背着乡亲们在这儿抽闷烟，但所有人都知道他黄大发那光景是一直在流泪，一直在低声哭泣，一直在拍着胸口……

那抽闷烟的当口，他黄大发的思绪跟着一缕缕浓烈的烟雾飘飞，想着小时候的女儿，想着长成花一样的女儿——

"爸爸，你又要上哪儿去呀？"那是第一次修渠时，有一天彬彩抱住他的腿，问。

"爸爸要上太阴山去。"他摸摸女儿的小脸，告诉她。

"去太阴山干啥呀？"

"修渠道。"

"修了渠道干啥呀？"

"让太阴山那边的水通到我们草王坝来。"

"有了水，彩彩是不是可以天天洗脸了，能吃白米饭了？"

"是、是。彩彩真聪明。"

"那我跟你一起上山去。"

"彩彩还小，等彩彩长大后，爸爸就带你去工地上好吗？"

"好的。彩彩长大后就跟爸爸去山上修渠道……"

"行。等你长大后，爸爸就带你去山上修渠。"

父亲和女儿各自伸出一根小拇指，然后拉钩许诺——那是多么幸福温馨的一幕啊！

十多年之后，彩彩长大了，出落成亭亭玉立的大姑娘了！

父亲没有失约，真的带着她上了山，参加了修渠道这场战斗，但这不是第一次修渠，而是第二次施工的战斗。而就在这之前的一年多，按照山里的传统，20岁的彬彩姑娘已经到了谈婚论嫁的年纪，而且作为村支书的女儿，这个年龄在当地已经算是晚定亲的了。又是黄大发的女儿，又长得那么水灵，彬彩姑娘的婚事很快定了，是邻村代姓人家的后生看好了她。黄大发对这门婚事是满意的，因为这个村子可以让他的掌上明珠顿顿吃上白米饭，这很重要，毕竟是自己的心头肉嘛！订婚那天，父亲黄大发甚至这么对女儿说，"姑娘啊，爸爸无能，至今没有让草王坝人吃上大白米饭，你年后嫁到代家，也算了了爸爸一桩心事。"

黄大发说这话时眼睛里含着泪水，他其实舍不得女儿离开自己，离开草王坝。

"爸爸，我们的引水渠已经修了快一年了，用不了多久咱草王坝村一定也会有水、有白米饭的。"女儿亲昵地把小凳子移了一下，身子靠近父亲，然后将头轻轻地搁在父亲的腿上，说，"爸你要注意身体，你都快六十了，千万不要再不分白天黑夜地拼死拼活干了好吗？草王坝不能没有你，妈和家里也不能没有你……"

父亲一手抚摸着女儿的秀发，一边抽着旱烟，说，"爸晓得晓得的，彩儿啊，过年你要嫁到代家了，这边工地上的事你以后少操心，不用再像以前三天两头地上山了，修渠分给我们家的那些活有我和你哥呢！再说，我还欠你一笔嫁妆钱呢！爸穷，你自个儿得想法学点小手艺，帮爸爸一把，免得你正式过门时，显得我黄大发家穷巴啦叽的让人笑话。"

"爸——瞧你说的！"女儿知道父亲说的是啥事，一年多前，修渠的事重新启动后，村里不是搞了一次集资嘛！他黄大发带头从手里拿出200元，这200元是黄家积攒了好几年给彬彩结婚用的嫁妆钱呀！那个紧要关头，黄大发为了重新实现修渠的事，逼着全村人交那1.3万元"保证金"，他支部书记不带头谁带头？

"彩彩，爸爸对不住你啊！"黄大发每每提起此事，总觉得愧对女儿。

"瞧你说的爸爸，你为了村里人吃上白米饭，差不多贡献了好几回命了，我是你黄大发的女儿，如果需要，我也可以为了你的渠舍出一条命来！"女儿扬起头，说。

"胡说！"父亲用粗糙的手捂住女儿的嘴，然后说，"你是爸妈的心肝肉，你的日子过得好，才是爸妈的全部希望。"

女儿感激地点点头。

然而——

然而今天的彩彩，他们黄家的黄花大闺女，23岁的待嫁姑娘，却悄然走了……

那一天草王坝黄大发家的宅内宅外，撕心裂肺的哭声震荡着太阳山、太阴山和十多里外的修渠工地的群山，甚至连螺丝河水都跟着在呜咽。

黄大发记不得自己是如何下山，又如何走到自己家的。他走进家门时眼神是直的，面部像山岩一样没有一丝表情。村里人见他步子缓缓地走到已经用白布盖住的闺女跟前，沉默许久后，他轻轻地掀开白布，久久地凝视着已经不能像往常一样开口叫他"爸爸"的女儿。他突然跪了下来伸出那双粗糙的手掌，小心地捧起女儿冰冷的两颊，久久地凝视着、凝视着……时间似乎凝固了，有村民在悄悄啜泣，大山似乎也在悄悄啜泣。有人搬过来一只小凳子，劝他坐下，但黄大发像雕塑般仍然一动不动地就这样跪着，长久地凝视着女儿。又过了许久，他站起来，回头在人群里找老伴徐开美，"你让人把我的那口棺材擦擦干净，给彩儿用！再找两块干净的毛巾，把那缸里的干净水端过来……"徐开美都依着做了，那口棺材是前些年黄大发为自己准备的，现在竟然给了自己的女儿用，白发人送黑发人，没有比这更割肉割心的了！徐开美端来的水让村里人都很吃惊，因为那水特别特别干净，村里人都有些蒙了，为啥他家有这么干净的水？

黄大发轻轻地朝在场的人挥挥手，示意他们暂时离开一下，他要与老伴一起给女儿最后一次擦脸、擦身子……老两口用的是那盆特别干净特别干净的水。

关于那盆特别干净特别干净的水，只有黄大发的老伴——彬彩的母亲徐开美知道，那是彬彩定亲后有一天黄大发到山外去拉水泥时顺便从底下的一湾清泉里舀回的，是他专门给姑娘留的，留给她出嫁时洗身子用的……现在，他将把积攒的这点特别干净的水端出来，用在为女儿擦洗那已经冻得僵硬的身体上……此时父亲的动作，一定比天下的女人的动作还要柔软、仔细，像在给一块宝玉擦洗，生怕有一丝失闪。

后来父亲端着水出来了。他手里端着那积攒了很久的满满的一盆水，但那水已经变了颜色……那变了颜色的水里仿佛是年迈的父亲浑浊的老泪。

出殡的时候到了。太阳山和太阴山突然被乌云裹得密不透风，那凄凉的唢呐、小号、二胡组成的送葬声乐，伴着一束束飞扬在通向山丘小路上的纸钱，吹奏得整个草王坝都在颤动，吹得十几里外的修渠工地上一片悲恸……那情形，草王坝人至今记忆犹新。因为那情形，是草王坝村历史上少有的全村人一起为一位年仅 23 岁去天堂的姑娘送行。或者说，这庄严肃穆和悲痛的送行，其实也是对他黄大发的致敬——致敬他为了实现开凿一条可以让清泉流到草王坝的"心渠"的理想和壮志，还有常人难以做到的牺牲精神！

安葬完女儿的第二天，黄大发再一次按时上山——天蒙蒙亮时他便从草王坝出发。从 1962 年第一次他带领乡亲们上山修渠就定下了这个出发时间，这个时候山路还看不太清，大伙还必须举着火把。这一天的黄大发步履比平时沉重了许多，十几里路，他中间歇了三次，以往即便是一个来回，他黄大发根本不会停一步、歇一歇。这一天，他心里想着工地上的事，腿却一直像被女儿彬彩拖住了……"怎么像挂了石头那么沉嘛！"他对张元华说。

"不行啊老书记，你发烧了！"张元华一摸黄大发的额头，惊呼起来。

"嚷啥？有啥嚷的？"黄大发竟然发脾气了，"山里人头疼脑热的算啥事嘛！叮嘱你一句啊，不许和他人乱嚷嚷！这都啥时候了？擦耳岩过不了，整个渠道就等于又白干！明白吗？"

张元华皱着眉头，说，"知道。可你老的身子支撑不住，整个工程都受影响不说，彬彩才刚刚走……"

"你小子说啥呢？"黄大发真生气了，"你咒我死啊？我死得了吗？我能死吗？"

"我——我不是这个意思！不是嘛！"张元华赶忙纠正，说，"我怕你一病倒，这关键时刻咋弄嘛！"

"所以嘛，你不能嚷嚷，我上山后稍稍吹点凉风，兴许就好了！"黄大发说，"这擦耳岩是最险的一道难关，攻破了，我们整个水渠就胜利在望，在这个时候你我绝对不能马虎，必须时时处处盯着才行。我估摸着，要干掉这险岩，没有两三个月怕是不成！"

"你放心，我一定全力以赴……"张元华说。

虽说黄大发是硬汉一条，但毕竟年岁摆在那里，又几十年如一日在拼命地干活，血肉之躯岂能没有病弱之时！然而对黄大发来说，小毛病他根本不放眼里。即使得了大病，他也绝对不轻易叫喊一声，最多是让妻子徐开美"泡一碗生姜汤""宰一只鸡"，那算是他最高级别的"养生康复"之道了。所以，村里人说他们的老支书是铁打的汉，有岩石般的筋骨，似乎从来没有听说他病过、病倒过。其实很多时候黄大发是靠着那股精气神硬把病给顶了回去。人不可能不生气、不生病，但人若是大气了、大胆了，这气和病就跑远了。瞧瞧，这个道理充满了哲理，与经典教诲如出一辙！

然而，巍巍群山则从来不屈服于弱者，通向草王坝的每一个峭壁悬崖，都需要黄大发他们这些开山辟路者付出超乎想象的代价。此间有三个悬崖最险峻、最难开凿，而其中擦耳岩又是最大的"拦路虎"。根据设计，水渠必须经过此处，而且渠道的基准线高度恰好在这座悬崖的"脖子"的部位。也就是说，黄大发他们必须在这个悬崖的"脖子"底下开山凿渠道。采访头天我到过擦耳岩那段水渠，所以明白其势之峻峭与渠道通过那里的险况。我走的时候虽然提心吊胆，但毕竟是在已经修好了的渠道上行走。当年黄大发他们是在无任何辅助条件和特殊设备的情况下在此开山凿挖，其险其难可想而知。

黄大发给我讲过的两件事可以让读者形象地了解一下他们当年在擦耳岩施工的险情。

一件事是在定桩基线时，需要有人在悬崖上插标记、凿炮眼。这么险的地方谁见了心里都发毛，黄大发说，"我去吧！"年轻的村委会主任张元华觉得这样的事不能让一个快60岁的人干，所以拦住黄大发说，"还是我去合适。"黄大发一把夺过绳子，在自己腰间系上，对张元华说，"你还嫩，我比你经验足。再说，一旦出啥事，我活的时间比你长，你还要带大伙继续往前走，草王坝村不能断了你这样的后生。"黄大发的话说得张元华和在场的人泪汪汪的，因为大伙心里有数，这跟战争年代董存瑞抱起炸药包去炸敌人碉堡的情形差不了多少，绝对不是闹着玩的！

那天，黄大发一个人从擦耳岩的山顶上靠一根绳子吊到悬崖的"脖子"部位，也就是说，人顺着绳子垂直下去后，还需要荡秋千似的荡到凹陷部位，那样才能触及崖石。而在这样的倾斜和半倒立的悬空下，即使吊在绳上的人一动不动也是非常困难的，更何况黄大发还必须挥锤舞钎，一寸一寸地在绝壁悬崖上凿出一条能够过水的渠道。

黄大发从山顶吊下去已经过了半个多小时了，怎么连人影都不见，连个动静都没有？张元华等急得大声喊了起来，老支书人呢？

"你在哪儿呀？快回应——"

就这么喊了十几分钟山崖下仍然没有任何声响，再往下看……啥都看不到。"老支书啊，你可不能有个三长两短啊！"有人瘫在岩石上哭泣，张元华气得胸脯像抽风箱似的吼道，"你们这是干吗？想咒老支书？"哭泣的人这才停止。

下面的黄大发到底咋样，山顶上的人确实无法得知，张元华在上面扯扯绳子，下面没有反应，绳子好像被缠在什么地方了……这让张元华他们更紧张了：莫不是他老支书撞在崖上了？还是……上面的人忍不住胡猜乱想起来。

怎么办？张元华急得不知如何是好。突然，他抓起另一根粗绳的头，猛地朝自己身上系了几圈，然后对身边的人说，"我下去看看！"

"不行啊村主任，老支书到底啥情况还没弄清楚，你这要下去一旦有事就更麻烦了呀！"大伙儿坚决不同意。

"我们总不能在上面等啊！老支书年岁那么大了，要是他撞在哪个地方、哪块岩上动不了了，我得去帮他嘛！"张元华说。

大家觉得再没有理由制止村委会主任的行动了。

"啊呜……"又不知是谁，突然呜呜大哭起来，而且一边哭一边喊，"你们都要是走了咋办呀？呜呜……"

"你个娘的，哭啥丧嘛！老子还没死，你哭个啥？"张元华简直气晕了，直骂那个村民是"丧门星"。

也就是在这个时候，有人见系着黄大发的那根绳子在动。于是山顶上的这帮人手忙脚乱地一齐使劲将绳子往上拉——这是黄大发下崖之前与张元华他们提前做好的约定，在他完成任务后会发出这样的信号。

经过一番接力，黄大发被拉了上来。被拖到山顶的黄大发已经不像个人样：上衣和裤子成了"飘带"，蓬乱的头发里夹了不少树枝与树叶，脸上一道又一道划破的血迹……总之一看就知道下面的情况太危险了。"老子一辈子没有见过这么险的崖！"半晌，黄大发有气无力地说了这么一句。

擦耳岩的真正之险是，在众人一起在这绝壁上施工的时候，你无法进，也无法撤；你无法上，也无法下。700多米长的悬崖成了修渠战斗的一段难啃的"硬骨头"，黄大发他们只有绳子、锤子、钎子这三样东西，除此就是汉子命一条。怎么办？经过多次勘察与触岩，黄大发他们意外发现在擦耳岩的渠道基准线上有一个"岩窝"，也就是一个浅浅的凹坑。能待上三五个人，如果都站立着的话还可以更多一些，但要躺倒的话只能容纳三四个人，就像叠肉饼！

这个所谓的"岩窝"我在前面提到过，采访黄大发的第一天他就领我去擦耳岩，我和他就在"岩窝"里待过。黄大发的个子在里面不成问题，但我一直是弯着腰、低着头，因为里面不足1.8米高，而且顶壁是外高内低。

"我和几个骨干先到那里立足，再慢慢地像蚂蚁啃骨头似的一点点沿着渠道基准线向悬崖两边开凿。"黄大发说，"因为从那里进出必须从山顶上放绳子，所以凡是待在'岩窝'里工作的人，吃住都得在那儿。白天我们干活，晚上我们几个人就像包饺子似的每人一床被子或大衣裹在身上，躺在里面，一夜下来，四肢麻木，筋骨酸痛，在里面无法伸直胳膊、伸直腿，特别是躺在两边的人，一不小心，脑壳就跟岩石'亲嘴'，晓得那惨劲吗？"黄大发有时也很幽默，他这么形容"岩窝"的狭小。整个与擦耳岩的战斗用了半年多的时间，黄大发在"岩窝"里面前后住了三个多月，张元华等年轻人住的时间则更长。

"白天大伙儿干活，不知时间。一到晚上就有些惨，在洞里你点个油灯，熏着自己不说，还有很多飞蝗、飞蛾啥的往里面跑，一不小心蛇啥的也会溜进来，胆子小的人根本不敢闭眼，胆子大的也不能说蛇钻到被子里不害怕呀！所以说，夜宿"岩窝"，每晚都要提心吊胆。苦的是你不能有丝毫放松警惕，别说踩空一步，就是朝外摇晃一下身子，外面就是万丈深渊，后果不堪设想啊！"张元华这样回忆道。

大山里的人缺乏想象，也没有写日记的习惯，否则黄大发和张元华他们的"岩窝"经历，或许也能写成一部中国版的《无人荒岛探险记》。

黄大发告诉我，在那半年多的"苦战擦耳岩"的日子里，他每天除了和各个工段的小组长开会布置任务和提安全要求外，每天开工前他还要做一件事：拿些纸和香，在洞口前的岩石上烧一下，烧的时候他一边嘴里不停地喃喃着谁也听不清的话，然后再睁大眼睛左右上下瞧一阵。张元华等年轻人会嘲笑他，"老支书你是党员，还讲迷信啊？"黄大发就回敬道，"别瞎寻思，有些道理你们不懂！"

我问黄大发为何每天要搞这么个"仪式"，他告诉我，"山上太危险了，每天几百个村民在这么危险的悬崖上锤钢钎、搬运石块，你说险不险？如果有个三长两短，我这工程还咋弄？我身为支部书记是跳崖还是撞石头？不能有半点儿闪失呀！我求谁？只能求老天保佑，求山神显灵啊！你问灵不灵，当然灵了！这样至少每天我在心里提醒自己一件事：必须保证不能有一丝一毫的马虎，必须保持随时随地检查安全生产。年轻人觉得我有些迷信，其实这是对自己内心的一分警示。"

"再一个我告诉你，我们在近千米的半山腰的悬崖上施工，这每天的风向与风力是防止危险发生的一个十分重要的判断条件，风向和风力把握好了，一是可以让大家在施工时把握好自己的身体与风力和风向之间的平衡；二是放炮、搬运石块也要借助风力与风向，什么时候逆风而行，什么时候顺风而动，在悬崖上太不一样了！这是我们山里人用命换来的经验与知识哩！"

原来如此！

听完黄大发的解释后，我方才恍然大悟：其实真正的知识与经验，确实来自劳动的实践。人类从最初的钻木取火，到现在上太空寻找与自己一样的生命体，其实就是像黄大发他们当年在山上凿岩筑渠一样，靠的是千年万载点点滴滴积累起来的知识。唯独不同的是，草王坝村黄大发他们上山修筑的年代和他们所用的原始的施工方式，实在令人感觉大山里的农民们是多么叫人同情。1992年，中国早已有了火车、飞机，早已有了原子弹和潜艇，早已有了能开凿几百米、几千米深的挖掘机、旋钻机，甚至也有了能在海上、高山间铺设与搭建铁道、码头等现代化的工具与技术，然而黄大发他们一群山民，却只能依靠最原始的工具以及人的生命，铺设一条即使现代化机械设备都很难完成的山渠，这是何等的悲壮与伟大！在我结束采访回到贵阳时，有个专家所在的单位现在已经参与了对草王坝村的扶贫工作，他去过黄大发那里，见过那条山上的天渠。他说，那条渠道，即使现在由拥有比较好的技术和能力的施工单位来做，完成它也要花几千万元，甚至上亿元钱。而黄大发他们当时手头仅有不到30万元的"工程费"，除此之外，所拥有的一切就是他们的义务劳动和血汗！

对此黄大发多次向我申明：不能怪上级不支持我们，那时贵州整个省都穷，我们一个乡、一个区要修的渠、要干的事就很多，上级支持我们二三十万元钱，已经尽力了，我们已经得到天大的帮助和支持了，我们感恩不尽！

这就是一个大山深处的村支书的境界。在他教育和影响下的山村百姓也有这样的境界。他们认为，除此之外所有"改天换地"的事，必须依靠他们自己的力量，即便是死了一个又一个，也必须前仆后继，而且这也是应该的、值得的。

山渠就是在这种精神和意志下一寸寸、一米米地向前延伸，向前挖进的……

擦耳岩的战斗，如每天与死神搏斗一般。一日，黄大发和另一位村民合成一个劳动小组（擦耳岩地段只能以这样的最小的战斗团队施工作业，即一个人搬石，另一个人砌垒、善后。一个工段一个工段地连接起来，形成穿越悬崖的渠道段块）。黄大发负责砌垒，另一位村民则站在渠壁负责搬运石块，哪知在作业时，那位村民突然脚底一滑，整个人儿噌地往下滑去……那下面是几百米深的深渊啊！黄大发说时迟那时快，伸出右手，一把揪住那位村民的头发，并且牢牢地抓住不放，然后用尽力气，一点点地将那位村民从悬崖上拖了上来……

"我要死了！我要死啦！"那位村民得救后，号啕大哭。

"你没死！你没死！"一旁的黄大发也瘫坐在那里，说。

"揪住头发真的能把一个人吊起来？"采访黄大发时，我问。

他笑笑，"我也不知道，反正那次我把他吊了起来。那一瞬间根本抓不住啥啊！也不可能考虑其他的，能抓住啥就是啥了！头发长在他身上，如果抓衣服还可能救不了他呢！"黄大发的话有道理。

在擦耳岩的战斗中，每天都可能遇到这样的险情，但黄大发他们就是这样啃掉了几百米长的险崖。

不是几百米，其实擦耳岩最险的那一段总长是170米。开山挖渠老功臣杨春发纠正说。一起参加座谈的另一位老功臣徐国泰也说，是170米，他量过。

170米，用了半年时间，难怪草王坝人称擦耳岩是"上甘岭"。

与擦耳岩相似的险崖大的有三座，小的不计其数。黄大发他们靠铁臂铜牙，靠意志决心，竟然将其一一搬掉、扳倒了，让理想的渠道从这些"鸟不飞"的地方安然通过，且没有重伤、死亡一人。关于这一点，几十年后的今天，所有专家和领导干部们在现场见了那条如天河般从空而降，又宛如玉带系在山上的水渠，无不惊叹和敬佩，留下的几乎都是同样的疑问：黄大发是怎么做到的？

他做到了。他的精神和意志让村民们越干越有劲——

　　天设险境嘞，我就想法哎！
　　三座绝壁嘞，我要搬开哎！

第六章

悬崖让路嘞，我筑水渠哎！
筑了水渠嘞，我吃米饭哎！

劳动的号子一天比一天响亮，开凿的渠一天比一天更接近草王坝。黄大发没有多少文化，却能随口编出这样的劳动号子。而论在现场的鼓动能力他也是位天生的高手。你听他在完成擦耳岩工段后是怎么对乡亲们说的：

老的小的们，最硬的骨头被我们啃掉了一块又一块，而且没有伤一颗牙，这说明啥？说明我们草王坝人牙口好嘛！现在剩下的都是些碎块渣子了，我们只要嚼嚼就能往肚子里吞！同志们，加油干哪！白米饭就在前头等着我们呀——

加油干哪——

吃白米饭啦——

群众的干劲就是这样一次又一次被鼓动起来的，而千米高山上的石渠就是在这样的激情中一米一米地继续向前延伸……

嗨哎嗨！
嗨哟哟哎！
鼓足干劲争上游哟！
鼓起劲来冒起神哟……

山上的歌声在回荡，山下的人急匆匆地向黄大发走来。这样的情景每天都会发生，但这一天又不一样，因为从山下跌跌撞撞而来的是黄大发的老伴徐开美。

"又出啥大事了？"山上的歌声戛然而止，大家都在看着徐开美一脚高一脚低地撞跌到黄大发身边，然后得到了个晴天霹雳："我们的大孙子没啦！"

"哐当——"大伙儿看着黄大发手中的铁锤掉到了岩石上……人直挺挺地愣在那里，像一根被雷劈过的枯木。

"咋——昨晚还好好的，怎么说没就没了？"半晌，黄大发摇着头，问老伴。

"你——你就只晓得修渠，怎么个好好的？他前天和昨晚一直在喊脑壳痛、脑壳痛……"徐开美根本无法再说下去。

黄大发无语。

"老支书，出啥事了？"众人围过来问。

"孙儿没了。"黄大发嘀咕了一句。

"啥？天哪！"村民们无不震惊与悲恸，都来劝黄大发赶紧下山回家。哪知黄大发朝大家挥挥手，说，"孩子已经没了，早回去也救不了啥。再干一会儿，我早点收工。"

唉！村民们知道谁都拿老支书没办法，而他们其实也并不知道黄大发心里的痛已经痛得有些麻木了——23岁的女儿刚走，现在又是13岁的大孙子离他而去，离黄家人而去，他能不悲吗？

他心如刀绞，他悲恸欲绝……

大孙子是患急性脑膜炎而亡的，在城市里这种病已经不算什么致命的病了，但在离医院几百里远的大山深处，它仍然是夺命的病魔。13岁，正值年少青春，黄家又痛失一位亲人，悲切至极兮！

当晚，黄大发从工地回到家，默默地给孙子整理完衣衫后，把儿子黄彬权叫到身边，说，"你是家里的顶梁柱，又是工地上的壮劳力，两边都离不开你。儿子没了，不能复生，你要坚强些。"

父亲的话不仅没有起到安慰作用，相反像刀扎在儿子心尖上一样，黄彬权哇的一声，扑到父亲的怀里，号啕大哭起来。

"你——你哭啥？你要哭也别当着众人的面哭嘛！你是男子汉，是男子汉就得坚强！你没听说毛主席为了成立中华人民共和国死了多少亲人啊？我们修一条渠道，也算是村里的一件大事，你是我村支书的儿子，你得坚强起来，你得支持我的工作，我们才可能把渠道修好，让村里人都过上好日子、吃上白米饭呀！"

"可你孙儿他吃不上白米饭了呀！"

"你吃上，村里的人都吃上了不也是我们黄家人的福气，我想我孙儿也会开心的嘛！"说完，黄大发也号淘大哭起来。

"爸——你就节哀吧！"

"可我也觉得对不住孙儿啊！孙儿才13岁。13岁实在是太嫩了，嫩得让爷爷我心疼啊……当年你出生的时候，你爸把起名的权利让给了爷爷我。我黄大发在旧社会是个独儿，现今子孙满堂，也算是有福之人了！孙儿你出世了，爷爷我高兴，起个吉利点的名吧，就叫全福，希望孙儿一生都能有幸福的生活啊！爷爷我高兴啊，家里有个叫全福的孙儿！你知道吗？孙儿，爷爷给你起的这个名里还包含了另一个意思：就是希望我们黄家全家都幸福啊！可孩子你苦命啊，徒有一个好名字，却连一碗白米饭都没吃上，你就永远离开了我们……"

黄大发父子在已经冰凉的躯体面前的对话，让村里的人都纷纷落泪。那一夜，黄大发坚持要给孙儿守灵。

那一夜，黄大发跟孙儿说了一夜的话。

那一夜，黄大发说的话，全是让孙儿明白爷爷几十年来所有的心事——为什么要在山坳坳里筑这条山渠……

直到第二天天亮，黄大发才从孙儿的遗体旁站起，对天长叹一声后，说，"我孙儿是个好娃，他听懂了爷爷的话。"

埋葬孙儿后，黄大发仍然像往常一样上山去了。只是人们发现，老支书的腰不像以前那么板直，头发也白了许多……

第七章

第七章

雄心壮志终成真

　　1995年的端午节，对草王坝村来说，是开天辟地的新的一天，因为这一天他们祖祖辈辈没有盼成的事，在这一年的这一天盼成了——那就是清凌凌的山泉水流到了他们的家门前，流进了他们的田地里，也流进了他们的锅盆碗勺里，流进了他们每一个人的心里……

　　这一天，乡亲们都醉了，全村都在杀鸡宰猪、放鞭炮，比过年过节还要隆重十倍。

　　这一天，草王坝那些上学的孩子都向老师请假，说要去看山上渠道里的水是怎么流到地里的，要尝山上的水是怎么个甜，甚至要在水里清清爽爽地洗个澡。老师笑着说，"这一天不上课了，你们回去写一篇关于通水后的作文。"

　　这一天，村里的姑娘最想做的一事是盛上满满的一缸清水，然后在锅里烧得热热的，再端到闺房里，从头到脚，痛痛快快、彻彻底底地洗个澡，让细皮嫩肉滋润个够……

　　这一天，草王坝的男人们则想端起美酒喝个痛快，喝个一醉方休……

　　这一天，草王坝真的"霸"了一回。

　　这一天，草王坝的人在四乡五邻面前第一次那么扬眉吐气、豪情万丈——世界上最难的事，我们草王坝人做成了，干成了！

　　"老支书，快来干一杯！"

"快来呀老支书，一起干一杯吧！"

"没有你老支书30多年的苦心经营，没有你老支书一辈子不歇的雄心壮志，我们草王坝怎会有今天有水的日子啊！"

"来吧老支书，我们要敬你！敬你一百杯！"

"老支书，老支书你在哪儿呢？你在哪儿啊？"

"我——我在这儿啊！"全村人等着要给黄大发敬酒，却到处都找不到他。原来黄大发竟然独自躲在一个角落，呜呜呜地哭个不止，哭得整个人缩成一团……"我——我黄大发没有本事，没有能力，我让乡亲们、让我自己家里人吃了那么多苦，受了那么多累，我对天发誓：我尽力了啊！"

等大伙找到他的时候，发现黄大发的头埋在双膝间，瘦小的双臂在不停地抽着……后来大伙儿把他扶起来时，发现他的手里捏着一个小红本本，眼尖的人一看，原来是本《中国共产党章程》。

"我记着，永远记着：我志愿加入中国共产党，拥护党的纲领，遵守党的章程，履行党员义务，执行党的决定，严守党的纪律，保守党的秘密，对党忠诚，积极工作，为共产主义奋斗终身，随时准备为党和人民牺牲一切，永不叛党。"黄大发抖动着嘴唇，喃喃自语着。

"老书记啊，你说到做到了，你真正做到了，你是个好党员，我们的好支书啊！"

这是喜极而泣。这是一个老共产党员的心声与诉说。黄大发不是那种可以用大段大段的理论言说自己经历与事迹的高谈阔论者，他只是一个普通山村农民，他几乎不能用一句像样的话来表达他一生所做的事的目的。他用30多年的巨大付出，带领村民修了一条世界上独一无二的天渠，这样一件平凡而伟大的事，在他嘴里，也是极其平凡而朴素：就是为了让村民能够吃上白米饭，不让村里再出那么多光棍！为了这个目标，他耗尽了全部的心力与所能。他的全部支撑点，就来自他唯一能够倒背如流的中国共产党党员的入党誓词……当我第一次见到他时，有人告诉我黄大发从来没有上过学，但他能将入党誓词倒背如流，我有些怀疑，于是请老人家背一遍，82岁的老人家朝我笑笑，然后像唱山歌似的清晰而动听地将入党誓词背了出来……

我当时非常震惊和意外，问他如何有这本事。他说，"我一生懂得的道理不多，入党和当干部后也不知道咋干，但我知道，党员就要想着人民、想着百姓，把自己的一摊事做好，对得起组织，对得起父老乡亲。"

这是黄大发所理解的"入党誓词"和做党员的责任。中国共产党有9000多万党员，如果我们都像黄大发所理解的那样去做，中国又将会是怎样呢？面对群山，面对大海，面对我们生活着的这个世界和社会，我们是不是该从黄大发这样一位普通而伟大的中国农民、中国共产党人身上，思考和反省一些问题？

我们的一生做了什么？

我们的一生是不是也像黄大发那样，把一个为人民做点好事的理想奋斗到底？

我们的一生是不是也在为党的事业倾尽所能？

黄大发倾其所能，以惊天动地的勇气与魄力，以比钢铁还要坚硬百倍的意志，撼动了群山，征服了群山，让清泉潺潺地流到了村庄，流到了草王坝的每家每户，灌溉和滋润了每寸土地……

他让千年枯朽的山岩边、坡地旁飘起了稻谷香，他让端起白米饭的孩子与老人念叨着共产党就是好，他让老百姓知道怎样的人才是真正的共产党人……

他黄大发知道，在这个世界上，一条水渠可以改变一个村庄的旧貌，让一方的百姓过上好日子。他更知道，要让一个村庄、一方百姓永久地幸福和美满下去，就必须让这条流淌着希望和现实的水渠永远坚固与不枯涸。为此，他黄大发从1995年水渠流通之后，依旧像当年火热的施工战斗一样，每天上山察看水渠……这一走，又是20余年，一直走到新世纪的今天！

他黄大发知道，在这个世界上，有情感、有思想的人并不像大山那样一成不变,因此他在水渠之水流通之后,又把目光投到了孩子身上,在村庄最好的地方盖起了一座崭新的学校。当每天从水渠上巡查回村的时候,他总要去学校瞅一眼,听一听孩子们清脆而悦耳的琅琅读书声,那个时候他醉了,真正醉了。

  他是黄大发。
  共产党员黄大发。
  贵州大山深处的农村支部书记黄大发。
  用一生只做了一件伟大壮举的黄大发。

  黄大发是个普通的中国人。
  黄大发是个全中国都不会忘记的人。

  黄大发与一条大山上的水渠连在一起。
  这条水渠将留在世上一千年、一万年。

  黄大发就是这样一位普通人,他将比我们所有的人都有可能更长地活在历史长河里。
  黄大发是人。
  黄大发更像一座山。

  黄大发就是一座山。
  黄大发更像一个山神。

  黄大发永远让我们感到神的力量、神的威仪和神的尊严……